# 잠자는 숲속의
# 대리님

# 잠자는 숲속의 대리님

**초판 1쇄 인쇄** 2024년 11월 22일
**초판 1쇄 발행** 2024년 11월 29일

**지은이** 이상민
**펴낸이** 박세현
**펴낸곳** 서랍의 날씨

**기획 편집** 곽병완
**디자인** 김민주
**마케팅** 전창열
**SNS 홍보** 신현아

**주소** (우)14557 경기도 부천시 조마루로 385번길 92 부천테크노밸리유1센터 1110호
**전화** 070-8821-4312 | **팩스** 02-6008-4318
**이메일** fandombooks@naver.com
**블로그** http://blog.naver.com/fandombooks

**출판등록** 2009년 7월 9일(제386-251002009000081호)

**ISBN** 979-11-6169-318-7 (03810)

**서랍의날씨**는 팬덤북스의 가정/육아, 문학/에세이 브랜드입니다.

잠자는 숲속의
대리님

서랍의날씨

# 차례

# 늑대의 밤

*

하, 오늘 진짜 왜 이러지? 결국 오늘의 운세 앱을 열고야 말았다. 미신을 믿는 게 아니라 뭐라도 보지 않으면 폭발할 것 같아서였다. 먼저 생년월일부터 입력하고, 내가 태어난 시간이 언제였더라? 그래, 17시였던 것 같다. 기억나는 숫자를 입력하고 나서 잠시 기다리니 오늘의 운세가 떴다.

'진퇴양난, 고통이 일시에 밀어닥치니 경거망동하지 말고 내일을 기약할 것.'

소름 돋네. 뭐가 이렇게 정확해? 오늘의 운세 님께서 내일을 기약하라 하시니 오늘은 버려야 하는 건가. 아직 퇴근까지 두 시간이나 남았는데…. 그래도 하루가 끝날 무렵 작은 기쁨이 있을 거라는 마지막 문장에 조금은 위안이 되는 것 같다. 사람은 희망이 있어야 살아갈 수 있는 법.

그때 모니터 아래쪽에서 메시지가 도착했음을 알리는 반짝거리는 불빛이 들어왔다. 고 팀장이었다. 오늘만 벌써 몇 번째야? 열어보기도 싫었다. 하지만 열어볼 수밖에 없다는 게 슬픈 회사원의 숙명이었다.

- 보고서는 언제 줄 거야?

이건 또 무슨 소리지? 분명 오늘 아침에 출근하자마자 메신저로 보고서를 보냈었는데? 못 보셨나? 아니면 내가 써야 하는 보고서가 또 있었던가? 경거망동하지 말라던 오늘의 운세님의 조언을 따라 신중하게 문장을 골랐다.

- 팀장님, 어떤 보고서 말씀인가요?

"문 주임!"

답변을 보내자마자 팀장이 큰 소리로 불렀다. 이럴 거면 대체 왜 메신저로 한 거야? 네, 팀장님. 목소리의 강도가 예사롭지 않아 자리에서 벌떡 일어나 팀장 앞으로 튀어갔다. 돌아보는 고 팀장의 몸이 의자에 끼어 있는 것처럼 보였다. 풍채가 워낙 커서 주변의 사무용품들이 모두 장난감처럼 작아 보이게 만드는 사람이었다.

"뭐라고? 이게 보고서라고?"

팀장이 말하는 보고서는 내가 아침에 보낸 게 맞았다. 문제는 고 팀장이 그걸 보고서라 받아들이지 않는다는 거였다. 아침에 보내드렸는데요, 라고 말했다가 그게 무슨 보고서냐는 질책을 한참이나 들어야 했다. 팀장 옆에 선 자세 그대로 말이다. 이런 수모를 들키고 싶진 않은데… 흘깃 곁눈질로 옆 팀을 봤다. 다행히 그녀는 자리에 없었다. 고 팀장은 자신이 과거에 썼던 보고서 샘플 파일을 보여주면서 상·하단 양식과 글자 크기, 표 모양을 그대로 맞춰서 다시 써오라고 했다. 내가 쓴 보고서에도 고 팀장이 말하는 내용은 다 들어가 있고, 회사에 보고서 표준 양식이 따로 있는 것도 아닌데 굳이 이걸 다시 써야 한다고? 게다가 막상 다시 써갔을 때도 문제였다. 지금 고 팀장의 태도로 보건대 또 얼마나 단어 하나, 토씨 하나 수정하라고 난리를 칠 건지 생각만 해도 한숨이 절로 나왔다. 그 시간에 그냥 일을 합시다, 대꾸하려다가 경거망동이라는 네 글자를 떠올렸다. 저 사람한테는 보고서가 일이겠지. 상처만 남는 의미 없는 싸움은 피하는 게 답이다. 오늘의 운세가 나를 살렸다. 그녀가 돌아오기 전에 얼른 마무리하기 위해 죄송합니다, 다시 해오겠습니다를 연발했더니 고 팀장도 조금은 누그러졌다.

"그리고 회사가 학교도 아니고 보고서를 메신저로 틱 보낸다는 게 말이 돼? 결재판까지는 바라지 않더라도 출력해서 가져왔어야지."

순간 깨달음이 왔다. 고 팀장이 불쾌했던 포인트는 이거였구나! 하지만 그렇게 매일 모든 걸 출력하려 하면 나무가 아플 거예요, 팀장님. 그때 고 팀장이 갑자기 턱으로 뒤에 있는 부장 자리를 가리키더니 소곤댄다.

"나한테만 보고하는 거면 괜찮은데, 저분한테 드릴 거라고. 저분이 보시는 건데 이렇게 드릴 수는 없잖아?"

갑자기 왜 자기는 깨어 있는 척, 부장 핑계를 대시는 거지? 그리고 또 부장한테 메신저로 양식 없이 보고하면 안 될 건 뭔가 싶었지만, 어차피 이 사람이 원하는 답을 해줘야만 여기서 풀려날 테니 순순히 다시 쓰겠다고 답하고 돌아왔다. 덩치는 곰 같은 아저씨가 부장 눈치는 엄청나게 본다니까.

슬리퍼를 질질 끌며 자리에 돌아와 화면보호기를 해제하자마자 메신저 불빛이 반짝거렸다. 옆자리에 앉아 있는 사수인 미호 과장이었다. 위로라도 해 주려는 건가 했더니 다짜고짜 웬 엑셀 파일부터 먼저 날아왔다.

 - 긴급! 이거 제휴 라인에 있는 숫자가 하나도 안 맞는데? 문 주
   임이 보낸 거 그대로 붙여넣은 건데 어디가 잘못된 건지 한 번
   확인해 줘봐.

두 눈을 질끈 감았다. 그야말로 진퇴양난이로세. 자기 일밖

에 생각 안 하는 인정사정없는 사수를 만난 나의 원죄일지니. 그건 그렇고 언제부터 은근슬쩍 반말이야? 우리 나이는 같잖아? 나도 반말 할 줄 안다고! 라고 마음속으로만 반말했다.

엑셀을 열어서 살펴보니 별문제 아니었다. 미호 과장이 자기 파일에 붙여 넣으면서 원본의 수식 하나가 잘못 딸려 간 거였다. 이런 것쯤은 스스로 해결하면 안 되나? 수정했습니다, 하고 파일을 다시 회신하자마자 또 다른 불빛이 깜빡였다. 경리부의 입사 동기인 구환이었다.

- 백현아, 헬프! 나 오늘 마감 쳐야 하는데 너희 팀 미호 과장님이 숫자를 안 주신다. 네가 대신 좀 주면 안 되냐?

머리를 쥐어뜯었다. 안 그래도 폭발 직전인데 동기라는 놈까지 도움이 안 되네.

- 싫어. 바빠. 그리고 그 파일 내가 막 수정해서 넘겼으니까 곧 갈 거야.

- 에이, 그러지 말고. 미호 과장님 맨날 늦게 주셔서 내가 매달 야근한단 말이야. 그냥 이번만 좀 도와주라.

결국 인내심이 바닥나며 감정이 터져버렸다.

- 오늘 진짜 너까지 나한테 왜 그러냐?

그제야 심상치 않은 기운을 느꼈는지 구환이 물었다.

- 야, 너 무슨 일 있구나? 형한테 다 털어놔 봐.

- 몰라. 알 거 없어.

- 나와. 담배나 한 대 피우자.

- 야, 나 담배 안 피우잖아.

- 알아. 그냥 나 피우는 데 따라와.

- 이런 미친놈. 간접흡연 싫어, 인마.

- 바닐라 라떼 사줄게.

- 가자.

내가 지금 당 떨어진 건 또 어떻게 알고 단 걸로 유혹하다니. 바닐라 라떼라는 이국적으로 아름다운 다섯 글자는 불가항력이었다. 정확히 10분 뒤 나는 아이스 바닐라 라떼에 꽂은 빨대를 링거처럼 입에 물고 흡연장 밖에서 구환을 기다리고 있었다. 바닐라 시럽의 당분이 뇌에 쫙쫙 흡수되는 게 느껴졌다. 커피를 사면서 구환이 해준 이런저런 말은 별로 위로가 안 되었지만 바닐라 라떼는 확실히 위로되었다.

회사 후문 앞 나무 칸막이로 대충 가려놓은 흡연장은 너구리굴이 따로 없었다. 얼굴에 이런저런 그날의 사연으로 다크서클이 가득한 회사원 너구리들이 뿜어대는 자욱한 담배 연기가 하늘로 사라지는 걸 바라보며 어쩌면 이 모든 고통도 결국은 저렇게 연기처럼 사라질 게 아닌가 싶었다. 잠시 후 유구환이라는 이름의 너구리 한 마리가 입에서 연기를 뿜으며 너구리굴에서 기어 나왔다. 그 우스꽝스러운 모습을 보자 왠지 기분이 좀 풀렸다.

사무실로 다시 올라오는 길에 화장실에 들렀다. 차가운 물에 손을 씻다가 문득 고개를 들어 거울을 봤다. 셔츠, 면바지, 목에 건 사원증. 거울 속에 비친 내 모습은 누가 봐도 평범한 회사원이었다. 나도 밖에 나가면 다른 사람들 눈에는 아까 그 너구리들처럼 보이는 걸까? 누군가 기자가 기자처럼 보이고 형사가 형사처럼 보이는 건 자신의 직업에 영혼이 잡아먹힌 증거라고 했는데, 어쩌면 회사원이 회사원처럼 보이는 것도 영혼이 잡아먹혔다는 증거가 아닐까.

그때 화장실 문이 열리며 누군가 들어왔다. 옆 팀, 그러니까 마케팅팀의 용 팀장이었다. 그가 거울을 통해 나에게 먼저 고개를 숙여 인사했고 나도 손을 씻다가 엉겁결에 꾸벅 인사를 받았다. 지적인 안경이 잘 어울리는 친절하고 예의 바른 팀장님. 누가 봐도 팀장인 그 모습을 보니 팀장이 팀장처럼 보이는 게 꼭 잘못된 것만은 아니라는 생각이 들었다. 적어도 누구처럼 팀장이 산적처럼 보이는 것보다는 낫지 않은가.

화장실에서 나서자마자 복도에서 마주 오는 한 사람이 있었다. 부드러운 원피스 자락을 꽃잎처럼 하늘거리는 그녀는 마케팅팀의 선 대리였다. 어쩜 마케팅팀 사람들은 팀원들도 하나같이 예쁘고 세련된 건지. 그녀가 내 손의 바닐라 라떼를 슬쩍 바라보더니 물었다.

"혹시 야근하시는 건 아니죠?"

"아녜요. 일찍 들어갈 겁니다."

"네, 얼른 퇴근하세요. 오늘 하루도 고생하셨어요."

그렇게 천사 같은 미소를 복도에 뿌리고 나를 지나치는 선 대리를 보면서 정신을 차리기 위해 고개를 세차게 흔들었다. 이거 실화야? 선 대리가 나에게 말을 걸어주다니! 앗, 입을 헤 벌리고 있었잖아. 바보처럼 보이진 않았겠지? 오늘의 운세 마지막 문장이 떠올랐다. 바로 이거였구나. 하루의 마지막에 오는 작은 기쁨은.

다시 자리에 돌아와 앉으려다 새삼 파티션 위에 달린 명패가 눈에 들어왔다. 사업개발팀 문백현 주임. 우리 팀은 이름부터 참 고전적이구나. 그래. 월급을 받았으니 열심히 사업을 개발해야지. 팀장이 보내준 양식을 펼쳐 보고서를 새로 쓰고 있는데 구환이 다시 메신저로 말을 걸었다.

- 야, 미호 과장님 아직도 안 주셨어.

옆자리를 흘깃 돌아보니 문제의 미호 과장은 새빨간 손톱 손질에 열중하고 있었다. 빌런이 따로 없군. 그간 저 모습을 몇 번 봤지만, 손톱 관리하는 도구도 정말 가지가지였다. 순간 머리 꼭대기로 피가 쏠렸다.

"과장님."

"왜요?"

그때 구환의 메신저가 반짝였다.

- 아, 지금 파일 받았다. 그래도 야근 확정이네. 젠장.

"그건 뭐라고 부르는 물건이에요?"

아슬아슬했다. 구환의 메신저를 한 발만 늦게 봤으면 경거망동할 뻔했네.

"아, 이거요? 이건 라운드 메이커라는 건데요. 왜요? 주임님도 네일에 관심 있어요?"

깔깔거리는 미호 과장을 보며 억지로 웃어준 뒤 구환에게 투덜거렸다.

- 너 때문에 사고 칠 뻔했잖아!

- 에이, 회사에서 무슨 사고씩이나 치려고 해? 사고는 됐고 나중에 미호 과장님이랑 점심 약속이나 한번 잡아주라. 밥이라도 얻어먹어야겠어.

저 비위 좋은 놈. 매달 정산용 자료를 늦게 줘서 야근하게 만드는 사람이랑 어떻게 같이 점심을 먹을 마음이 나는 건지. 나도 모르게 고개를 절레절레 흔들며 시계를 봤더니 딱 6시였다. 아름다운 시간. 그래. 내일을 기약하며 집에나 가자.

그때 고 팀장이 일어나서 손뼉을 치며 큰 소리로 말했다.

"자자, 6시입니다. 칼퇴근할 사람들은 칼퇴하세요!"

나는 가방을 들고 일어나려던 자세 그대로 엉거주춤하게

서버렸다. 아니. 퇴근 시간이 되어서 퇴근하는 게 왜 칼퇴근이지? 퇴근이 그냥 퇴근이지. 내일 출근하면 팀장 연필꽂이에 있는 커터 칼을 몰래 버려버릴까 보다. 다시는 칼이라는 말조차 꺼내지 못하게.

그때 미호 과장이 팀장 자리로 쪼르르 달려가 말했다.

"팀장님, 전 오늘 저녁 약속이 있어서 먼저 들어가 보겠습니다."

저 여우 같은 과장님은 왜 정당한 퇴근 시간에 핑계를 대면서 퇴근하고 있는 건가. 뭔가 이 세상이 잘못 돌아가도 단단히 잘못 돌아가고 있었다.

결국 나도 죄송하지만 보고서는 내일 오전까지 드리겠다며 사과 아닌 사과를 하고서야 퇴근할 수 있었다. 사옥 건물 앞을 나서는데 벌써 주변이 어두컴컴했다. 그러고 보니 오늘 아침에도 집에서 나와 지하철역까지 가로등 불빛에 의지해서 걸어왔던 것 같다. 별을 보고 출근해서 별을 보고 퇴근하는구나. 회사원이 아니었다면 별을 보며 걷는 이 길이 지금보다 조금은 낭만적일 수도 있었을 텐데….

난 이 계절이 싫었다. 밤이 낮보다 길어지고 어둠이 칠흑처럼 깊어지는 계절. 무엇보다 꿈을 꾸기 두려운 계절이었다.

*

나는 꿈속에서 어두운 숲길을 걷고 있었다. 질서 없이 하늘로 뻗어 있는 검은 나무 사이로 어슴푸레한 빛이 안개처럼 번졌다. 밤인지 낮인지 도무지 분간이 가지 않는 풍경이었다. 등골이 오싹해지는 한기를 느끼며 본능적으로 꿈의 세계로 돌아왔음을 직감했다. 지난 몇 달 동안 나를 괴롭혀 온 일종의 자각몽이었다. 하지만 이 악몽에 가까운 자각몽도 나의 예감이 틀리지 않았다면 슬슬 그 끝이 보이고 있었다.

그러니까 드디어 여기가 마지막 숲이었다. 어찌 된 일인지 처음 이 악몽이 시작될 때부터 이번 숲이 마지막 숲이라는 사실을 이미 알고 있었다. 마치 태어날 때부터 공기로 숨을 쉬어야 한다는 사실을 알고 있었던 것처럼.

이 꿈에는 모두 일곱 개의 숲이 있었다. 그리고 각각의 숲에는 그 숲을 지배하는 드래곤이 살았다. 드래곤은 숲마다 서로 다른 동물의 형태로 나타났다. 악어에 가까운 모습이었던 첫 번째 드래곤에서부터 독수리, 뱀, 호랑이, 심지어 도깨비의 모습으로도 나타났다. 이유를 설명하기는 어렵지만 그건 모두 드래곤이었다.

곤란한 건 늘 이 꿈속에서 내가 드래곤에게 사냥당하고 있다는 점이었다. 그 어떤 모습으로 변하건 변치 않는 사실이 하나 있었다. 바로 드래곤은 언제나 인육을 탐한다는 사실이었다. 쉽게 말해 이 숲에 사는 건 식인 드래곤이었다.

다시 말하지만 자각몽이었다. 그래서 이것이 꿈이라는 걸 또렷이 인지하고 있었지만 그래도 무서웠다. 꿈이지만 너무나 생생한 날것 그대로의 고통이 느껴졌고 쉽사리 잠에서 깨지도 않았다. 심지어 드래곤에게 물어뜯겨 죽는 공포를 겪을 때조차 죽지도 깨지도 못한 채 온전히 그 끔찍한 고통을 견뎌야 했다. 그럴 때면 다음 날 일어나서 회사에도 출근하지 못하고 온종일 앓아누웠다. 그만큼 이 꿈은 무섭도록 현실감이 넘쳤다. 언젠가 꿈속에서 죽게 된다면 현실에서도 영영 깨어나지 못할 것만 같은 기분이 들었다.

몇 번이나 정신과 상담을 받아볼까도 진지하게 고민했었다. 어쩌면 게임 회사에 다니면서 받은 극심한 스트레스로 인해 생긴 일종의 직업병이 아닐까? 그래서 게임 같은 꿈을 꾸게 된 거다. 이걸로 정신과 진단을 받아서 회사에다 진단서를 들이밀면 산재 신청은 되려나? 별의별 생각을 다 해봤지만 차마 의사 앞에서 무엇부터 설명해야 할지도 모르겠고 막상 진단 결과가 뭐라고 나올지가 두려워서 지금까지 병원에 가보진 못했다. 슬프게도 한창 돈을 벌어야 할 나이였다. 진단 결과에 따라 회사를 그만두거나 할 수 있는 형편이 아니었다. 사실 그다지 어려운 논리는 아니다. 언제나 꿈보다 생업이 먼저였다.

손에 익은 백설의 방패를 고쳐 쥐며 지난주의 마지막 꿈을 떠올렸다. 가장 어려웠던 여섯 번째 드래곤과의 사투였다. 그것은 정말 판타지 동화 속 기사들이나 맞설 것 같은 거대한 날개 달린 파충류였다. 그 녀석과 싸우기 위해 하늘을 날려고 노력해 봤지만, 꿈속에서도 도무지 하늘을 날 수 있는 방법을 찾을 수 없었기 때문에 지상에서 드래곤과 대적해야 했다.

가장 충격적인 것은 이 날개 달린 드래곤이 하늘에서 그 기다란 목을 아래로 늘어뜨리며 입에서 뜨거운 화염을 내뿜었다는 것이다. 만약 눈의 요정이 수호하는 백설의 방패를 얻지 못했다면 꼼짝없이 직화 통구이가 될 뻔했을 위기가 여러 번 있었다. 내가 방패와 화살로 드래곤을 유인하는 동안 함께 싸우던 동료가 신성한 파도의 모서리에서 폭풍의 성검을 찾아 가까스로 물리칠 수 있었다. 하늘을 향해 날카로운 검풍을 날릴 수 있는 신묘한 무기였다.

그렇다. 동료가 있었다. 그러니까 이 꿈속을 헤매며 드래곤에게 사냥당하는 사람은 나 혼자가 아니었다.


아우우우우.

그때 어둠의 저편 어디선가 섬뜩한 늑대의 울음소리가 울려 퍼졌다. 나는 단번에 그것이 이번 일곱 번째 숲의 지배자, 최후의 드래곤이라는 것을 알아챌 수 있었다. 마음이 다급해졌다. 얼른 동료를 찾아야 했다. 혼자서는 결코 드래곤에 맞설 수 없었다. 새로운 숲에 처음 들어설 때는 늘 각자 다른 입구로 들어오기 때문에 먼저 서로를 찾아야만 했다. 아마 오랜 동료도 나를 찾고 있을 것이다.

주변을 둘러보다 적당한 높이로 솟아 있는 나무를 발견했다. 나무 표면에 손을 대자 축축한 껍질의 질감이 생생하게 느껴졌다. 나무 기둥을 툭툭 손바닥으로 때려 봤다. 단단했다. 이번에는 나뭇가지를 잡고 슬쩍 몸무게를 실어 봤다. 버틸 수 있을 것 같았다. 나는 기둥을 끌어안고 가지를 손잡이와 발판 삼아 나무에 기어오르기 시작했다. 현실에서라면 절대 하지 않았을 짓이지만 꿈에서는 거리낌 없이 할 수 있었다. 나무 꼭대기에 다다르자, 시야가 탁 트이며 사방으로 지평선이 펼쳐졌다. 아니, 이건 지평선이 아니라 '숲' 평선이라고 불러야 하나? 그러니까 내가 지금 있는 곳은 바로 끝이 보이지 않는 거대한 숲의 한가운데였다.

저 멀리 커다란 나무 사이로 우뚝 솟은 바위 절벽이 하나 보였다. 혼자서 고고하게 서 있는 그 바위가 이 숲의 중심부인 것 같았다. 바위 위에는 그림처럼 찬란한 은빛 털을 반짝이는 늑대 한 마리가 서 있었다. 알 수 있었다. 저 늑대가 바로 일곱 번째 숲의 드래곤이었다. 늑대가 다시 한번 깊고 날카롭게 울부짖었다.

아우우우.

천천히 고개를 돌리는 늑대와 어쩐지 눈이 마주쳤다는 느낌이 들었다. 설마 아니겠지, 하는 순간 늑대가 훌쩍 바위에서 뛰어내리더니 이쪽을 향해 곧장 달려오기 시작했다.

젠장, 설마가 사람 잡는다니까! 나는 나무에서 거의 떨어지다시피 내려와 그대로 숲길을 내달리기 시작했다. 다리로 땅을 찰 때마다 튀어 오르는 흙의 질감이 꿈이라고는 믿을 수 없을 정도로 생생했다. 숲길은 평탄해서 달리기에 좋았다. 그래도 늑대보다 빨리 달리긴 힘들지 않을까? 이대로면 따라 잡히고 말 텐데.

그 순간 나는 내가 늑대가 쫓아오고 있는 방향으로 달리고 있다는 사실을 깨달았다.

이 바보가! 같은 방향으로 달리면 따라 잡히는 게 당연하지! 자신을 스스로 질책하며 그 즉시 몸을 돌려 우측으로 방향을 틀었다. 그렇게 수풀을 헤치며 열댓 걸음 달렸을까. 불쑥 나무 사이로 나타난 커다란 늑대의 얼굴과 정면으로 마주쳤다. 나는 속으로 비명을 질렀다. 네가 왜 거기서 나와!

이미 달리는 방향을 읽히고 있었던 모양이다. 가까이에서 보니 웬만한 건물 2층 크기에 달하는 거대한 늑대였다. 흉포한 이빨을 드러낸 거대한 주둥이에 나 같은 인간 따위 한 입거리 정도밖에 안 될 것 같았다. 당황해서 마음에도 없는 말을 내뱉었다.

"착하지?"

착할 리가 없었다. 늑대가 털을 곤두세우고 몸을 서서히 낮추며 달려들 준비를 하는 게 보였다. 나는 재빨리 등 뒤에서 불사조의 활을 꺼내 시위를 당겼다. 화르르 불꽃이 일렁이는 화살이 새처럼 날아가 나무에 꽂혔다. 그렇다. 빗나갔다는 뜻이다. 이런, 너무 조급하게 활을 쐈더니!

무표정하게 화살이 박힌 곳을 바라보던 늑대의 얼굴이 순간 잔인하게 일그러졌다. 다시 활시위를 당길 틈도 없이 늑대가 발톱을 세우고 달려들었다.

그때였다. 누군가 내 몸을 낚아채듯 끌어안고 옆으로 굴렀다. 덕분에 나의 목덜미를 노린 늑대의 이빨을 가까스로 피할 수 있었다. 데굴데굴 어지러운 구르기가 마침내 멈췄다. 나는 고개를 들어 극적으로 목숨을 구해준 든든한 동료의 얼굴을 보았다.

"선 대리님!"

그랬다. 부드럽게 물결치는 머리칼의 여성은 바로 회사 옆팀의 선설아 대리였다. 나를 안고 있는 선 대리의 몸이 가쁜 호흡으로 들썩이는 것을 느낄 수 있었다. 날 구하기 위해 여기까지 전력 질주를 했던 모양이다. 잠깐 이대로 안겨 있고 싶었지만 여유를 부릴 틈 같은 건 없었다.

22

"주임님, 일어나요."

선 대리는 단호한 말과 함께 고양이처럼 일어나 내 손을 잡아끌었다. 나는 선 대리의 작은 손을 잡고 몸을 일으켰다. 우리는 드래곤이 날뛰는 꿈속에서도 서로를 직급으로 불렀다. 그편이 차라리 덜 어색했다. 꿈이라서 갑자기 다른 호칭으로 부르는 것도 이상했다.

내가 몸을 일으키자마자 선 대리가 다시 밀어서 넘어뜨렸다.

"아니, 대리님! 왜?"

미처 항변할 틈도 없이 우리가 있던 자리로 또다시 늑대가 뛰어들었다. 선 대리 덕분에 이번 공격도 가까스로 피할 수 있었다. 늑대가 유려하게 선회하는 것을 보며 선 대리가 폭풍의 성검을 꺼내 들었다. 스르릉 검신에 폭풍이 휘몰아쳤다. 주변의 나뭇잎들이 검 주위를 돌며 회오리치기 시작하자 선 대리는 거침없이 검풍을 날리며 늑대와의 거리를 좁혀 나갔다.

역시 멋있다니까! 하지만 넋 놓고 감상할 수만은 없었다. 나도 이제 정신을 차려야 했다. 잽싸게 일어나 간격을 맞춰 선 대리의 뒤를 따라가며 불사조의 활을 당겨 엄호했다. 간격이 벌어지면 화살로, 간격이 좁혀지면 검으로 공략하는 것이다.

무려 여섯 드래곤의 숲을 함께 헤쳐온 사이였다. 지난 몇 달간 서로에게 의지하며 살아남은 터라 썩 호흡이 잘 맞는 편이었다. 아마 대리님도 같은 생각이겠지? 내 꿈속의 존재에게도 의견이란 게 있다면 말이다.

선 대리는 쉴 틈 없이 검을 휘두르며 늑대를 몰아붙였다. 여전한 솜씨였다. 늑대는 사납게 그르렁거리며 슬금슬금 뒤로 물러나더니 마침내 뒤로 크게 뛰어 간격을 벌렸다. 나는 그 틈을 놓치지 않고 미리 당겨둔 불사조의 화살을 날렸다.

쌔애액, 새처럼 날아간 화살은 이번에도 엄한 나무에 꽂혔다. 조준이 잘못된 것은 아니었다. 늑대가 그만큼 빨랐다. 늑대는 마치 도약을 위한 준비 동작이 필요 없는 것처럼 예상치를 훨씬 상회한 속도와 높이로 훌쩍 뛰어올랐다. 나는 머리 위를 뛰어넘는 늑대를 시선으로 쫓으며 본능적으로 위험을 감지했다. 순식간에 전방과 후방이 반전되었다. 착지한 늑대는 뒤로 돌자마자 곧바로 나에게 돌진했다. 등 뒤에서 선 대리가 비명에 가까운 소리로 나를 불렀다.

"문 주임님!"

쾅! 가까스로 내민 백설의 방패와 늑대의 주둥이가 부딪히며 큰 충격이 손목에 전해졌다. 하얀 눈꽃이 사방으로 흩뿌려졌다. 손목이 부러지는 것 같은 통증에 주춤할 틈도 없이 두 번째와 세 번째 공격이 쾅쾅 이어졌다. 눈의 요정이 수호하는 방어벽에 점점 금이 가더니 마침내 쩌적 하고 방패가 부서졌다. 늑대는 곧장 두 동강 난 방패를 물어 멀리 던져버렸다.

무방비한 몸이 늑대에게 노출되었다. 늑대가 무자비한 송곳니를 드러내며 덤벼들었다.

악! 이대로 물리는 건가, 생각하는 순간 옆에서 나타난 폭풍의 성검이 기습적으로 늑대의 머리를 베었다…고 생각했다. 하지만 이번에도 늑대의 머리는 멀쩡했다. 놀랍게도 늑대는 폭풍의 성검을 이빨로 물어서 받아냈다. 선 대리의 팔도 내려치던 동작 그대로 멈춰져 있었다. 그 상태로 늑대가 고개를 휙 들어 올리자, 검을 쥔 선 대리의 몸도 허공에 대롱대롱 매달렸다. 위험하다.

대리님, 지금 바로 구해줄게요! 곧바로 활시위를 당겼다. 그리고 이쪽을 향한 늑대의 의미심장한 눈과 마주쳤다.

"아악!"

늑대가 입을 세차게 휘두르자, 선 대리가 비명과 함께 이쪽을 향해 날아왔다. 그 덕분에 활을 쏘긴커녕 선 대리를 받아내기에 급급했다. 우리는 또다시 흙바닥에 나뒹굴었다. 늑대는 그런 우리를 비웃듯이 거만한 눈빛으로 바라보다가 물고 있던 폭풍의 성검을 퉤 하고 바닥에 뱉었다.

순식간에 검과 방패를 잃었다. 게다가 우리는 온몸을 다쳤는데 늑대는 상처 하나 없었다. 누가 봐도 지금은 도망쳐야 하는 상황이었다.

"대리님, 후퇴하시죠!"

"잃어버린 동굴로 가요!"

선 대리가 '잃어버린 동굴'을 말하는 순간 그것이 존재하게 되었다. 이제 이 세계에 잃어버린 동굴이 존재함을 꿈속의 그 누구도 의심치 않게 되었다. 선 대리의 말은 원래 존재하던 곳으로 가자고 하는 것처럼 자연스러웠다.

꿈에서는 언어가 곧 존재였다. 언어화되지 못한 영역은 뿌옇고 모호한 안개처럼 명확한 실체가 없었고 오직 언어화되는 순간 견고한 실체로 자리 잡았다. 선 대리는 불확실한 꿈의 영역을 선명한 언어로 정의하는 재능이 있었다. 불사조의 활을 찾은 것도, 폭풍의 성검을 찾은 것도 모두 선 대리였다.

아니, 어쩌면 불확실한 세계를 언어로 정의하는 능력이 있는 조력자를 내가 스스로 필요로 해서 선 대리를 불러들인 것일지도 모른다. 이건 어디까지나 내 꿈속이었으니까.

그런데 왜 하필 하고많은 사람 중에 선 대리님이었을까. 내가 미처 깨닫지 못한 나의 무의식이 궁금했지만 더 깊이 생각할 겨를은 없었다. 늑대가 사납게 몸을 낮추며 이쪽으로 다가오고 있었다. 나는 불사조의 활을 있는 힘껏 당겼다. 허공에 불꽃이 일렁이는 화살이 장전되었다. 그리고 나는 꿈속에서조차 눈을 한 번 감았다가 떴다.

세 번째는 빗나가지 않는다.

확신하고 활시위를 놓았다. 늑대가 뛰었다. 하지만 아까

보다 명백히 한 박자 빠르게 발사된 화살은 늑대의 앞발을 꿰뚫었다. 화살이 명중한 걸 확인하자마자 나는 선 대리의 손을 낚아채듯 잡고 뒤돌아 달렸다. 뒤에서 늑대의 고통스러운 비명 소리가 날카롭게 메아리쳤다.

동굴 입구에는 폭포가 떨어지고 있었다. 세차게 떨어지는 하얀 물줄기가 커튼처럼 동굴을 가려주고 있었다. 여기가 잃어버린 동굴이라 불리는 이유였다. 나는 선 대리와 나란히 동굴 안쪽에 앉아 물줄기를 바라보고 있었다. 크고 작은 물방울이 튀어 올라 쉴 새 없이 머리카락에 달라붙었다.

부서지는 포말에 취해 문득 떠오르는 말을 내뱉었다. 뭐, 꿈이니까 어떤 말이라도 상관없지 않을까?

"대리님, 덕분에 살았어요. 오늘도 죽을 뻔했지만 그래도 대리님을 다시 만나서 너무 좋네요."

잠시 반응을 기다렸지만 선 대리는 아무런 기척이 없었다. 폭포 소리 때문에 내 말을 못 들었나? 궁금해서 옆을 돌아보았다. 그런데 물에 젖은 선 대리의 옆모습은 공포로 가득 차 있었다.

아니, 이건 좀 서운한데? 내 말이 그렇게까지 충격적이었나? 그렇다고 그런 표정을 지을 것까진 없잖아요!

하지만 다음 순간 선 대리의 표정이 나를 향한 게 아니었음을 깨달았다. 그 시선 끝을 따라가니 하얀 물줄기 바깥에 어두운 그림자가 어른거리고 있었다.

갑자기 폭포를 뚫고 늑대의 주둥이가 들어왔다.

"악!"

정말이지 소스라치게 놀라 그만 바닥에 나뒹굴어 버렸다. 동굴이 그리 깊지 않아 늑대 주둥이는 금방 벽에 닿았다. 1미터도 채 안 되는 거리에서 늑대의 송곳니가 번뜩였다. 웬만한 성인 팔뚝만 한 크기였다. 그 거대하고 날카로운 송곳니라면 옆구리든 허벅지든 무엇이든 찢어발길 수 있을 것 같았다.

급히 뒷걸음질 치듯 물러나다가 등 뒤에 선 대리의 몸이 닿는 것을 느꼈다. 선 대리가 내 귀에 대고 속삭이듯 말했다.

"침착해요. 저 늑대는 우리를 못 봐요."

과연 동굴이 깊지 않아 늑대의 눈은 폭포 안까지 들어오지 못했다. 주둥이가 길어 슬픈 짐승이여.

늑대는 코를 벌름거리며 벽을 더듬었다. 무언가를 찾고 있는 모양이었다. 물론 그게 무엇인지는 굳이 확인해 보지 않아도 알 것 같았다. 슬쩍 돌아보니 선 대리의 등 뒤는 막다른 벽이었다.

'여기서 쏠 수 있을까?'

조심스레 어깨에 멘 불사조의 활을 꺼내 들었다. 하지만 활을 당기려 하자 선 대리가 손으로 잡아 제지했다. 의아하게 돌아보는 나에게 선 대리는 손가락으로 동굴 아래를 가리켰다. 벽 아래에 사람 한둘이 들어가 누울 정도의 좁은 틈새가 있었다. 저기로 들어가라는 건가?

더 고민할 새도 없이 선 대리가 손으로 미는 바람에 그 틈새에 들어가 눕게 되었다. 곧바로 선 대리가 따라 들어왔다. 자, 잠깐만요. 공간도 비좁은데 그렇게 들어오시면…. 선 대리의 등이 가슴에 밀착되었다. 부드럽고 향긋한 머리카락이 코 앞을 간지럽혔다.

아니, 이게 다 무슨 꿈이야? 내 무의식이 선 대리님을 욕망하고 있었나? 내가 미처 몰랐던 내 자아(ego)와 초자아(super-ego) 너머의 이드(id) 같은 거야? 현실에선 밥 한 번 못 먹어본 사이인데.

"활 하나로는 이길 수 없어요. 일단 숨어있다가 기회를 봐요."

선 대리의 해명, 아니 설명에도 왈랑거리는 심장이 좀처럼 진정되지 않았다.

그때 동굴 벽을 훑던 늑대의 코끝이 선 대리 앞에서 멈췄다. 이런, 눈치챈 건가.

컹! 늑대가 사냥개처럼 거칠게 짖으며 사나운 이빨로 틈새를 이리저리 비집었다. 갈고리 같은 이빨이 선 대리의 옷깃을 수십 번도 더 할퀴듯 스쳤다. 그때마다 선 대리는 움찔거리며 몸을 뒤로 뺐고 나도 행여나 그녀가 끌려갈까 봐 더욱더 세게 끌어안았다.

그 순간 선 대리의 머리카락 사이로 매캐한 담배 냄새가 스며들기 시작했다. 그러니까 정확히는 선 대리의 샴푸 향과 별개로 어디선가 담배 연기가 들어오고 있었다. 이 폭포 아래에 누가 흡연실이라도 차려놓은 건가? 나는 눈으로 연기의 진원지를 찾았다. 우리가 몸을 숨긴 틈새 한편에 작은 구멍이 하나 더 있었다. 문제의 담배 연기는 그 구멍에서 모락모락 한가롭게 뿜어져 나오고 있었다. 물론 간접흡연으로 인한 사망률보다는 늑대에게 물려갔을 때의 사망률이 압도적으로 높아 보였기에 숨을 참고 버티던 그때 그 작은 구멍에서 무언가가 퐁 하고 튀어나왔다. 그것과 눈이 마주쳤다.

"너구리?"

두 눈에 다크서클이 가득한 그 동물은 진짜 살아 있는 너구리였다. 작은 너구리는 잠시 좌우를 살피며 상황 파악을 하더니 입에서 담배 연기를 뿜어 동그란 고리를 하나 만들었다. 그러고는 망설임 없이 그 고리 사이로 공중제비를 넘어 폭포 밖으로 사라졌다. 곧이어 외마디 비명 소리와 함께 늑대의 주둥이도 폭포 밖으로 사라졌다. 잠시 후 늑대가 다른 동물과 거칠게 다투는 소리가 들렸다. 아마 그건 너구리일 것이다. 나는 보았다. 너구리가 공중제비를 넘어 담배 연기를 통과하는 순간 몸집이 몇 배로 커지는 것을. 두 거대한 동물이 싸우는 소리가 점점 멀어지더니 어느 순간 들리지 않게 되었다.

마침내 영겁 같았던 공포의 시간이 지났다. 뜻하지 않은 너구리의 도움으로 위기를 넘긴 것 같았지만 그래도 방심할 수는 없었다. 그렇게 한참이 지나도록 우리는 그 자세 그대로 숨어있었다. 제법 시간이 흘러 늑대가 다시 돌아올 조짐이 없어 보이자 마음이 놓이면서 그제야 내가 선 대리를 품에 안고 손까지 꼭 잡고 있었다는 사실을 깨달았다. 선 대리도 비슷한 순간 그 사실을 깨달았나 보다. 누가 먼저랄 것도 없이 잡은 손을 스르륵 풀었다. 그리고 어색한 침묵.

"… 이제 나갈까요?"

＊

휴대전화에서 경쾌한 알람이 울렸다.

삐걱거리며 자꾸만 오작동하는 현실의 몸뚱이를 가까스로 움직여 알람을 껐다. 베개에 얼굴을 파묻고 있자니 가슴 깊은 곳에서부터 한숨이 나왔다. 밤새워 야근한 기분인데 벌써 출근 시간이라고?

온몸이 두들겨 맞은 것처럼 쑤셨다. 하긴, 간밤에 몇 번을 맨바닥에 나뒹굴었는데 쑤실 만도 했다. 비몽사몽간에 침대

아래로 굴러 내려가 기다시피 화장실에 갔다. 양치를 하려고 치약을 짜는데 갑자기 전기가 통하는 것처럼 손목이 찌릿했다. 순간적인 통증에 난 그만 칫솔을 놓치고 말았다. 욕실 바닥에 나뒹구는 칫솔을 보고 지금 여기가 현실인지 꿈인지 잠시 고민했다. 바꿀 시기를 넘겨서 빗자루처럼 벌어진 칫솔모와 요란한 무늬의 바닥 타일은 분명 현실의 자취방이었다. 꿈에서 재현할 이유가 전혀 없는 현실의 물건들로 가득한 나의 공간.

손목을 이리저리 돌려봤더니 통증 때문에 절로 인상이 찌푸려졌다. 백설의 방패를 잃은 손목이 현실에서도 시큰거렸다. 이런, 하다 하다 이젠 꿈에서 다친 걸로 한의원까지 가봐야 하나. 이건 뭐 꿈에다 손해배상 청구라도 해야 할 판이었다. '꿈이야 생시야'라는 말은 혹시 지금의 나처럼 현실에까지 침범해 영향을 미치는 꿈을 꿨던 옛사람들이 만든 관용어 아닐까? 아무리 마지막 숲이라지만 이번 드래곤은 첫날부터 신고식이 너무 혹독했다.

"그래도…"

칫솔을 다시 입에 물고 미친 사람처럼 히죽 웃었다. 어젯밤의 생생한 촉감이 단지 통증만을 남긴 건 아니었다. 코끝에 살랑이는 머리카락, 긴장된 호흡으로 들썩이던 자그마한 등, 한 팔에 감기던 가느다란 허리, 그리고 따뜻하고 부드러운 작은 손. 어제의 여운을 되새김질하며 혼자서 피식거리다가 불현듯 거울을 보고 현실 자각 타임이 왔다. 뭐지? 혹시 나 변탠가? 고개를 좌우로 세차게 흔들어 어젯밤 꿈에 관한 생각을 머리에서 날려버렸다. 현실로 돌아가자, 문백현.

택시를 불렀다. 오피스텔 현관을 나서 계단을 내려가는데 허리며 다리며 안 아픈 곳이 없었다. 오늘은 도저히 지하철역까지 걸어서 내려갈 자신이 없었다. 지하철역으로 통하는 유일한 지름길에는 마의 108계단이 있었다. 마의 108계단은 부동산 아주머니가 부르던 계단의 별칭이었는데 실제로 살다 보니 가히 찰떡같은 작명 센스였다. 이 가파른 돌계단을 지나지 않으면 지하철을 타기 위해 먼 거리를 돌아가야만 했기 때문에 계단의 위아래로 부동산 시세가 확연히 달랐다. 돈 없는 사회 초년생이 살기 적당한 곳은 계단의 위쪽 동네, 즉 내가 사는 골목이었다. 매일 퇴근할 때 올라가는 것도 고역이었지만, 이렇게 다리가 후들거릴 땐 내려가는 게 더 힘들었다. 오늘 같은 날에는 그냥 마음 편히 택시를 타는 게 나았다. 쥐꼬리만 한 월급은 이럴 때 플렉스하라고 있는 거지.

택시가 다리를 건너는 동안 해가 뜨기 시작했다. 택시 창문으로 보는 일출은 지하철에서 보는 일출과는 또 다른 맛이 있었다. 지하철에서 보던 일출이 생계형이라면 택시에서 보는 일출은 취미형이랄까. 언젠간 내 차에서 일출을 보는 날도 오겠지? 다리를 건너면 곧바로 회사였다.

평소와 똑같은 시간에 나와 택시를 타버린 덕분에 조금 일찍 도착해 버렸다. 이렇게 된 거 커피까지 사 들고 올라가야겠다. 사치는 몰아서 해야 만족감이 극대화되는 법이다.

"아메리카노… 두 잔이요."

그러니까 순전히 충동적이었다. 카페에서 주문하려던 그 순간 갑자기 무슨 바람이 불었는지 선 대리의 얼굴을 떠올리며 커피를 두 잔 사버렸다. 문제는 막상 커피 두 잔을 캐리어에 받아 들고 나고부터였다. 아무리 머리를 굴려봐도 뾰족한 수가 떠오르지 않았다. 대체 대리님한테 뭐라고 하면서 커피를 건넬 건지.

'간밤에 고생 많으셨죠?', 아니면 '어젯밤 고마웠어요?'…. 바로 정신 나간 변태로 낙인, 그 자리에서 신고당해 쓸쓸하게 퇴사할 각이었다. 이럴 줄 알았으면 평소 말이라도 한마디 붙여놓을걸. 어떻게 생각해도 현실에서 선 대리와의 관계는 간신히 이름과 얼굴만 아는 옆 팀 직원, 그 이상도 그 이하도 아니었다. 아침에 갑자기 커피를 들이밀 만한 어떤 현실적인 명분도 존재하지 않았다.

그럼에도 불구하고 커피를 버릴 수도 없는 거였다. 엘리베이터에서 내려 사무실로 곧장 들어가지 않고 일부러 화장실

쪽으로 돌아 옆문을 통해 마케팅팀 앞으로 지나가는 동선을 택했다. 오늘 아침 선 대리의 실제 얼굴을 한번 보고 싶었다. 그리고 혹시 아는가. 얼굴을 마주하면 희박한 가능성을 뚫고 자연스러운 기회가 생길지.

보안장치에 사원증을 갖다 대니 출근을 인증하는 문구가 뜨며 유리문이 달칵 열렸다.

- 문백현 주임님, 어서 오세요.

매번 느끼는 거지만 안 그래도 바쁜 출근길에 뭘 '어서' 오라고까지 하는 건지. 회사란 곳은 도무지 적응이 안 된다.

저 멀리 선 대리의 해사한 얼굴이 파티션 너머로 보였다. 결의를 다졌다. 여섯 숲의 드래곤을 물리치는 동안 현실에선 인사조차 제대로 못 했지만, 오늘은 꼭 어떤 말이라도 걸어 보리라. 용기를 내어 한 걸음씩 선 대리에게 다가갔다. 어젯밤 꿈에서와 달리 머리를 가지런히 뒤로 묶은 단정한 모습이었다. 그렇군. 꿈속에서는 머리를 묶을 수가 없겠구나. 문득 내 모습은 꿈에서 어떻게 보이는지 궁금했다. 꿈속에선 한 번도 거울을 본 적이 없었다.

선 대리는 마우스를 무심히 움직이며 모니터만 쳐다보고 있었다. 커피 캐리어를 든 오른손에 서서히 힘이 들어가는데 갑자기 선 대리가 옆에 놓인 무언가에 손을 가져갔다. 그게 뭔지 확인한 순간 머릿속이 새하얗게 비어버렸다. 그건 커피였다. 그것도 내가 산 사이즈보다도 확연히 한 단계 더 큰 사이즈. 선 대리는 빨대로 커피를 한 모금 빨고는 다시 책상 위에 놓았다.

뭔가 시작도 하기 전에 쫄딱 망해버린 느낌이었지만 그래도 어떻게든 용기를 내고 싶었다. 선 대리 앞을 지나치면서 최대한 어색하지 않게 "안녕하세요?" 인사를 붙였다. 물론 어색하지 않게, 라는 건 내 작은 소망일 뿐이긴 했다. 목소리가 떨리는 건 티 나지 않았겠지?

현실의 선 대리는 나를 슬쩍 쳐다보고는 사무적인 미소를 지으며 고개만 꾸벅했다. 그리고 다시 차가운 표정으로 돌아가 모니터로 시선을 돌렸다. 그 모든 동작이 1초도 채 안 걸린 것 같았다. 그렇게 1시간 같던 1초에 나는 모든 걸 잃었다.

나 저 표정 알아! 저건 정말 아무 관심 없는 사람이 지나가며 인사했을 때의 표정이야!

왠지 모를 극심한 좌절감에 잠깐 머뭇거리던 찰나,

"선설아 대리!"

저 멀리 선 대리의 팀장이 그녀를 불렀다. 네, 하며 선 대리가 수첩을 들고 일어섰다. 용 팀장이 평소 젠틀하지만 업무는 까탈스럽다는 소문이 있던데 사실인 걸까. 아직 9시도 안 됐는데 뭘 벌써부터 팀원을 불러 대고 그런대?

별수 없이 커피 두 잔을 그대로 들고 가던 길을 가다가 슬쩍 뒤를 돌아보았다. 용 팀장과 눈이 마주쳤다. 응? 용 팀장은 왜 나를 보고 있었던 거지? 내 행동이 뭔가 대놓고 이상했나? 용 팀장에게도 고개를 꾸벅하며 인사했다.


"문 주임, 웬일로 커피를 다 사 왔대? 내 건 없어?"

자리에 앉아 커피를 내려놓자마자 먼저 출근해서 웹서핑하던 미호 과장이 놀리듯 말을 걸었다. 이 사람이, 맡겨놨나 싶었지만 마침 주인 잃은 커피가 한 잔 더 있었기에 사회생활 모드로 잽싸게 전환했다.

"과장님, 무슨 소리를 하세요? 당연히 사 왔지요."

미호 과장은 진심으로 깜짝 놀란 모양이었다. 자기 딴에는 농담이라고 그냥 한번 던져본 말이었는데 정말로 커피를 받게 되어 반은 당황하고 반은 감동한 표정이었다. 그렇게까지 감동하지 않으셔도 된답니다. 저로서도 원치 않았던 상황이니까요.

미호 과장이 갑자기 다이어리를 꺼내 눈앞에서 휘리릭 넘기더니 그러면 자기가 밥을 사겠다며 언제 시간 되느냐고 호들갑을 떨었다. 밥이라. 당신과 둘이서 먹고 싶진 않은데…. 그러고 보니 마침 미호 과장과 굳이 점심을 잡아야 하는 상황이 하나 있었다.

"경리부에 유구환 주임이라고 아시죠?"

효율적 사회생활의 기본은 일타쌍피다. 밥 사는 김에 한 명 더 사시길.


오후 햇살이 나른했다. 간밤의 피곤이 몰려와 자리에서 연신 하품하다가 도저히 안 되겠다 싶어 탕비실로 향했다.

그곳에서 선 대리를 마주쳤다. 입을 헤 벌리고 하품하던 무방비 상태 그대로 온몸이 굳어버렸다. 그녀는 마치 광고의 한 장면처럼 창가에서 커피를 마시고 있었다. 역광으로 비친 옆모습이 눈부셨다. 역광 때문인가. 아니면 정말 내가 이 사람을 좋아하는… 건가?

내가 들어오는 걸 눈치챘는지 선 대리가 돌아보며 인사했다.

"커피 드시려고요?"

그 미소가 햇살처럼 부드럽고 따뜻했다. 아침과는 전혀 딴판의 표정이었다. 저건 내가 아는 꿈속의 선 대리님인데? 나는 가까스로 정신을 차리고 대답했다.

"네네. 졸려서요."

"잠을 제대로 못 주무셨나 봐요."

문득 어젯밤 동굴에서의 일이 떠올랐다. 밤새 당신이 나오는 꿈을 꾸느라 잠을 자도 잔 것 같지 않다고 말할 순 없겠지.

"네, 악몽을 좀 꿔서요."

"정말요? 오늘은 얼른 들어가서 푹 쉬세요."

글쎄. 푹 쉴 수 있을까? 오늘 밤에도 같은 꿈을 꿀 것 같은데. 문득 대리님은 혹시 악몽을 꾸지 않느냐고 물어보고 싶었다. 지난 몇 달간 궁금했던 것들을 확인하고 싶었다. 모처럼의 화기애애한 분위기를 놓치고 싶지 않았다. 필사적으로 적절한 질문을 고르려고 머리를 굴리고 있는 그때 등 뒤에서 낯선 기척이 느껴졌다.

"뭐 맛있는 거라도 있나요?"

돌아보니 용 팀장이 웃는 표정으로 탕비실 입구에 서 있었다. 무언가 들키기라도 한 것처럼 가슴이 철렁 내려앉았다.

"아, 커피나 마실까 해서 왔습니다. 팀장님도 드릴까요?"

"아니에요. 내 건 내가 알아서 할게요."

다시 돌아보니 선 대리는 예의 감정 없는 무표정한 얼굴로 돌아가 다 마신 커피 잔을 씻고 있었다. 팀장 앞에서는 늘 저런 표정인 건가. 나는 선 대리를 지나쳐 커피 머신 앞에 섰다. 내가 커피를 내리는 동안 용 팀장은 출입문에 한 팔을 기대고 이쪽을 빤히 쳐다보고 있었다. 다음 차례를 기다리시는 건가? 불편한 침묵 속에 커피 내리는 소리와 설거지하는 소리만 탕비실에 울려 퍼졌다. 커피만 내리고 얼른 여기서 빠져나가야겠다고 생각했다. 커피야 얼른 내려져라, 내려져라, 내려져라…. 다 내려졌다!

내가 커피를 집어들 즈음 선 대리도 슬그머니 다 씻은 커피잔을 들고 탕비실 밖으로 나가려 했다. 나가야 하는데… 선 대리가 눈앞에서 우뚝 멈춰 섰다. 용 팀장이 여전히 출입문에 자리를 잡고서 문틀에 기댄 팔을 풀지 않고 있었다. 팀장님, 그렇게 서 계시면 나갈 수가 없잖아요? 용 팀장의 태도는 미묘하게 젠틀한 듯 적대적이었다. 뭔가 오늘 기분 나쁜 일이라도 있었던 걸까. 대치 아닌 대치 상태가 이어지는 그때,

"어이쿠."

갑자기 용 팀장의 겨드랑이 아래를 비집고 탕비실로 들어오는 사람이 하나 있었다.

"여기 뭐 새로 생긴 맛집인가요? 번호표라도 뽑아야겠네."

동기 구환이었다. 경리부와는 같은 층을 쓰고 있어서 탕비실도 공유하고 있었다. 그나저나 저 비좁은 틈새를 파고들다니 구환이 혹시 전생에 메시였니? 아, 메시는 아직 살아 있었지.

구환은 능청스러운 몸짓으로 콧노래를 부르며 선 대리와 나 사이를 가로질러 가더니 과자 상자를 부스럭거리며 뜯기 시작했다. 그러더니 느닷없이 나한테 초콜릿 과자 봉지를 하나 쥐여줬다.

"백현쓰, 이거 새로 나온 건데 맛있더라. 대리님과 팀장님도

하나씩 드셔보실래요?"

눈앞에서 찰랑찰랑 흔드는 과자 봉지에 맥이 풀렸는지 용 팀장도 출입문을 막고 있던 팔을 풀었다. 그 틈을 이용해 선 대리가 먼저 종종걸음으로 빠져나갔고 나도 뒤따라 커피와 과자를 들고 스치듯 나왔는데 문득 용 팀장의 날카로운 시선 을 느꼈다. 표정은 웃고 있었지만, 눈빛은 그렇지 않았다. 저 눈빛 예전에 어디서 본 것 같은데.

어느 팀이든 만만한 팀장은 없었다. 아무래도 팀장 자리에 오르려면 만만해서는 안 되는 모양이었다. 이번엔 고 팀장 얘 기다. 내가 자리에 돌아가자마자 기다렸다는 듯이 부르더니 나를 앞에 세워놓고 손가락으로 연필을 빙글빙글 돌리기 시 작했다. 그 앞에는 아침에 굳이 종이에 출력해서 결재판에 끼 워 갖다 바친 보고서가 놓여 있었다. 아니, 이걸 아직도 부장 한테 안 보여줬어? 이런 답답이. 또 시작이군. 속으로 낮게 한 숨을 쉬었다. 사람의 외모를 가지고 뭐라고 하면 안 되겠지만 정말 고 팀장은 덩칫값을 못 하는 겁쟁이였다. 임원에게든 부 장에게든 간단한 보고 하나 하려고 해도 모든 게 안전하게 갖 취졌다고 느끼기 전까지는 도무지 움직이려 들지 않았다. 물 론 회사에는 여러 유형의 사람이 있는 법이다. 그러니까 어떤 사람이 업무적으로 겁쟁이일 수도 있고, 그것 자체로는 전혀 비난받을 만한 일이 아니었지만 그를 거쳐서 보고해야 하는 팀원들 처지에서는 비난을 넘어 분통이 터질 수밖에 없었다. 매 순간이 이럴 바에는 그냥 내가 직접 부장한테 보고하고 말겠다는 충동과의 싸움이었다.

"이전보다 낫긴 한데⋯."

그건 당신이 쓰라는 대로 고쳐 썼으니까 그렇게 말할 수밖에 없을 테고. 고 팀장은 여전히 뭔가 마음에 안 드는지 연필로 쿡쿡 찌르다시피 보고서에 체크 표시를 하기 시작했다. 이 표현은 오해할 수 있으니 다른 표현으로 바꾸면 좋겠다는 둥 이 부분은 보고하면 윗사람들이 세부 데이터를 궁금해할 수도 있으니까 백(back) 자료를 준비하라는 둥 도무지 왜 필요한지 납득이 가지 않는 것들이었다. 보고받는 사람이 해석을 잘못하면 정정해 주면 될 일이고, 세부 데이터를 궁금해하면 그때 나한테 다시 데이터를 달라고 하면 될 일이지 발생하지도 않은 일에 대체 얼마나 더 시간 낭비를 하라는 건가. 지금 일을 하자는 건지 논문을 쓰자는 건지 알다가도 모를 일이었다.

회사에 월급 받고 일하러 왔으니까 일하는 것도 좋고 바쁜 것도 좋다 이거다. 나는 단지 합리적으로 바쁘고 싶었다. 납득이 가는 일로 바쁘고 싶었다. 이게 그렇게 과한 욕심인가. 오늘은 고 팀장의 저 연필이 마음에 안 들었다. 언제 또 몰래 연필심이라도 부러뜨려야 속이 좀 풀리겠군. 화가 났지만, 오늘도 경거망동에 주의하며 조용히 자리에 돌아가려는 찰나 고팀장이 한마디 했다.

"금요일 저녁 비워놔라."

"왜요?"

"왜요라니. 부장님께서 그날 회식 하자신다."

그러니까 왜요? 왜 남의 퇴근 후 일정을 양해도 안 구하고 비워놓으라고 하는데요? 최소한 그날 시간 되느냐고 물어보는 예의 정도는 있어야 하는 거 아닙니까?

실은 그날 시간이 된다는 게 더 속상했다. 자신도 놀라울 만큼 금요일에 아무 계획도 없었다. 여자 친구도 없고 자취하는 남자가 금요일 저녁에 무슨 대단한 계획이 있겠는가. 그래도 금요일 회식은 비매너지. 주말로 가는 길목인데.

부글부글 끓는 속을 안고 자리로 왔는데 더 속상한 쪽지가 메신저로 도착했다.

- 문 주임이 우리 팀 막내니까 회식 날 사회 부탁해요. 그리고 팀장님이 회식 장소 예약하고 좌석 배치도도 만들래. 파이팅!

미호 과장이었다. 존댓말에서 반말로 끝나는 이 이상한 표현에 꾹꾹 찔러댈 수 있는 연필은 세상에 없는 건가. 그런데 무슨 회식 하나에 사회와 좌석 배치도까지 준비해야 하는 건지. 정말이지 합리적으로 바빠지고 싶었다.

퇴근 무렵의 회사 로비에는 회전문이 멈출 새가 없었다. 나는 로비 구석에 있는 어두운 소파에 앉아 줄지어 퇴근하는 사람들을 하염없이 바라보고 있었다. 구환이 이놈은 금방 마무리하고 나오겠다더니 왜 이렇게 늦어? 오늘 저녁 모처럼 입사 동기들끼리 치킨에 맥주를 한잔하기로 했다. 마침 회사에서 스트레스를 한 보따리 가득 챙겨서 퇴근하는 날이었다. 이런 날에는 비슷한 처지인 사람들끼리 모여 서로서로 누구 보따리가 더 큰지 내기하며 스트레스를 회사 욕으로 바꿔 먹다 보면 기분이 좀 풀리는 법이다. 얼른 이가 시릴 만큼 차가운 맥주부터 한 사발 들이켜면 좋겠는데.

　또 한 무리의 직원들이 엘리베이터에서 쏟아져 나왔다. 이번에도 구환은 내리지 않았다. 혀를 차며 회전문으로 시선을 돌리다 문득 익숙한 남녀의 실루엣을 발견했다. 용 팀장과 선 대리였다. 회전문을 나간 두 사람이 어디론가 나란히 걸어가고 있었다.

　"뭘 보냐?"

　갑자기 등 뒤에서 구환이 불쑥 얼굴을 내밀었다.

　"깜짝이야! 너 나오는 거 못 봤는데?"

　"엘리베이터가 너무 안 와서 그냥 계단으로 내려왔어."

　"하긴, 가장 붐빌 때 나오긴 했다."

구환은 슬그머니 내 시선 끝을 따라가 보더니 선 대리와 용
팀장을 고갯짓으로 가리켰다.

"저 두 사람 그렇고 그런 사이라던데?"

"진짜? 전혀 몰랐네."

그럴 이유도 없었건만 가슴 한구석이 철렁 내려앉았다. 하
긴 용 팀장도 미혼이라고 들었다. 그래도 나이 차이가 꽤 많은
데… 불현듯 용 팀장의 날카로운 눈매가 떠올랐다. 혹시 그래
서 아까부터 용 팀장이 나를 경계했던 건가? 구환이 들은 소
문이 진짜인지 알 수는 없었지만 어쨌든 선 대리에 대한 나의
마음은 더 이상 깊이 생각하거나 파고들지 않기로 결심했다.
애매한 감정을 굳이 키워 현실에서 골치 아픈 일에 휘말리고
싶지는 않았다. 꿈은 꿈으로 족하다. 어젯밤 잃어버린 동굴에
서 선 대리를 끌어안고서 손을 잡았던 일이 떠올랐다. 뭐, 꿈
에서의 일까지 사과할 필요는 없겠지.

"흐음. 수상한데?"

느닷없이 구환이 커다란 얼굴을 코 앞에 들이대서 기겁
했다. 그 얼굴엔 오늘도 다크 서클이 가득했다.

"뭐가?"

"아냐. 술이나 마시러 가자!"

뭐가 수상하고 뭐가 아닌 거냐. 궁금했지만 따져 묻진 않
았다. 어차피 회전문처럼 제자리에서 돌고 돌다 보면 들어야

할 말은 듣게 되고 알아야 할 일은 알게 될 테니까.

*

"먼저 무장부터 다시 갖춰야겠어요."

선 대리는 동굴 바닥에 나뭇가지로 지도를 그렸다.

"여기서 폭포 아래 물길을 따라 남쪽으로 내려가면 '안개의 계곡'이 있어요."

선 대리가 말하는 순간 안개의 계곡이 존재하게 되었다.

"그 계곡의 끝자락에 '태초의 바위'가 있는데 거기서 새로운 검을 얻을 거예요."

이제 태초의 바위도 존재하게 되었다.

"하지만 여기서 태초의 바위까지 곧바로 가진 않을 거예요. 대신,"

선 대리는 나뭇가지를 꾹 눌러 목적지까지의 직선거리가 아닌 멀리 돌아가는 길을 그렸다.

"이렇게 숲의 경계를 따라 이동할 거예요."

"늑대 때문이군요."

"맞아요. 숲은 늑대의 영역이에요. 반대로 말해 숲의 경계선 밖으로 벗어나면 늑대의 시선을 피할 수 있게 되죠. 그리고 지금은 늑대와 마주치는 걸 최대한 피해야 하는 상황이에요."

이해했다. 우리가 지금 숲의 가장자리 부근에 있다는 이점을 살린 동선이었다. 나는 고개를 끄덕이면서 여전히 시큰거리는 손목을 툴툴 털었다. 그러자 선 대리가 걱정스러운 표정으로 몸을 기울여 내 손목을 가볍게 잡았다.

"많이 아팠어요?"

다정한 말투에 마음이 흔들렸다. 오늘 잠들기 직전에 흔들리지 않기로 결심했었는데.

선 대리는 어깨에 멘 크로스백에서 주황색 끈이 달린 작은 주머니를 하나 꺼냈다. 주머니를 끌러 손바닥에 대고 가볍게 흔들자 하얀 가루가 소복이 떨어졌다. 선 대리는 한 손으로 내 손목을 잡고 가루를 바르더니 다른 손바닥으로 부드럽게 문질렀다. 가루에서 환한 빛이 나며 어느새 통증이 사라졌다.

"회복의 가루예요. 약간의 효과는 있을 거예요."

손목을 이리저리 돌려보았다.

"정말 괜찮아진 거 같아요."

선 대리가 안심한 듯 미소 지었다.

"계획을 조금 수정해야겠네요. 무기보다 주임님의 방패부터 먼저 구해야겠어요. 역시 최선의 공격은 방어니까요."

"아니, 그건 뭔가 앞뒤가 안 맞는 얘기 같은데요? 대리님은 자신을 방어할 생각 같은 거 안 하시잖아요."

"그러게요."

그러더니 이번에는 크로스백에서 화려한 장식의 단검을 꺼냈다.

"전 공격조니까요. 주임님이 지켜주셔야 해요."

네, 꼭 지켜드릴게요! 곧바로 외칠 뻔했지만, 꿈속에서조차 쑥스러워 실제로 대답을 입 밖으로 내뱉진 못했다.

"우와, 대리님 가방엔 대체 뭐가 들어있는 거예요?"

괜히 딴청을 피우며 가방 안을 들여다보려는 나를 살짝 밀치며 선 대리는 검지 손가락을 연분홍 입술에 갖다 댔다.

"비밀이에요."

그리고 나를 재촉했다.

"늑대가 다시 돌아오기 전에 얼른 출발해요."


사방을 경계하며 동굴 밖으로 나왔다. 동굴에 뛰어들 땐 미처 몰랐는데 폭포는 꽤나 높고 거대했다. 우리가 숨어 있던 동굴은 산 중턱쯤 폭포가 시작되는 곳에 있었고 폭포수는 까마득한 산 아래까지 장엄하게 쏟아져 내리고 있었다.

다행히 주변에 늑대는 없는 것처럼 보였다. 지금 마주치면 심히 곤란했다. 활과 단검만 가지고 상대하기에 드래곤은 벅찬 상대였다.

"지금부터 늑대의 영역에서 최대한 빠르게 벗어날 거예요."

일곱 숲을 모험하는 동안 드래곤의 숲을 벗어나려는 시도를 해본 것은 처음이었다. 애초에 숲을 벗어날 수 있다는 생각 조차 감히 하지 못했었다. 동굴 바깥의 숲길에는 나무가 빽빽하게 우거져 있었다. 선 대리는 바람에 흩날리는 나뭇잎처럼 나무 사이를 가볍게 달려 나갔다. 그리 길지 않은 머리칼이 얇은 물결처럼 찰랑거렸다. 그 뒷모습을 바라보며 뒤따라 달리는 기분이 그리 나쁘지는 않았다. 여기가 식인 드래곤의 숲만 아니라면 말이다.

갑자기 등 뒤에서 불쾌한 압박감이 느껴졌다. 드래곤의 날카로운 시선이 우리를 포착한 것 같았다. 꿈에서는 시선조차 감각적으로 느낄 수 있었다. 선 대리도 같은 감각을 느꼈는지 뒤를 돌아보며 나와 눈을 마주쳤다.

그 순간 나무가 우지끈 부러지는 커다란 소리에 숲이 울렸다. 마치 거대한 나무젓가락이 부러지는 소리 같았다. 소리는 한 번으로 그치지 않고 연이어 들려왔다. 그건 거대하고 강력한 생물이 빽빽한 숲의 나무들을 부러뜨리며 전진하는 소리였다. 유감스럽게도 소리는 점점 가까워지고 있었다. 선 대리가 살짝 발걸음을 늦추더니 내 손을 잡아끌었다. 나는 선 대리의 손에 이끌려 정신없이 숲을 달리기 시작했다. 우리가 달리자 늑대도 달렸다. 나무를 부러뜨리는 소리가 점점 격렬해졌다. 뒤를 돌아보니 나무 파편이 사방으로 튀어 오르고 있었다. 어떻게 된 게 달릴수록 거리가 좁혀졌다. 더 빨리 뛰고 싶었지만 숨이 턱 밑까지 차올라서 더 이상 어찌할 수가 없었다. 소리가 지척까지 쫓아와 이대로는 따라잡히겠다고 생각한 바로 그 순간 나무 사이로 좌우를 가르는 넓은 산길이 펼쳐졌다. 산길에 뛰어든 선 대리가 관성을 이기지 못하고 바닥에 나뒹굴듯 주저앉았다. 나도 덩달아 그 옆에 철퍼덕 쓰러졌다. 그렇게 우리는 한참 동안 가쁜 숨을 헐떡였다. 잠시 후 호흡을 고른 선 대리가 말했다.

"숲이 끝났어요."

그러고 보니 조금 전까지 등 뒤를 바짝 쫓아오던 늑대의 소리가 거짓말처럼 사라졌다. 나는 주변을 둘러보았다. 우리가 빠져나온 드래곤의 숲은 어두운 안개에 둘러싸인 것처럼 모호했다. 산길이라고 생각했던 것은 산길이 아니었다. 숲의 경계선을 따라 새로운 땅이 나타났기 때문에 길이라고 착각한 거였다. 나는 바닥의 흙을 만져보았다. 단단하고 탄력 있는 흙이었다. 색깔이 좀 특이했다.

"흙이 파랗네요."

"그러게요. 푸른 흙이라니…."

어느새 일어난 선 대리가 경계하듯 주변을 둘러보고 있었다. 그녀가 손을 잡아 나를 일으켜 세웠다. 작고 고운 손이 산들바람처럼 부드러웠다.

"어쨌든 이제 늑대는 여기까지 쫓아오지 못할 거예요. 하지만 경계의 영역에서는 늑대가 아닌 것들, 그러니까 드래곤이 아닌 존재를 만나게 될 수도 있으니 조심해야 해요.”

“드래곤이 아닌 존재라면 어떤 것들이요?”

선 대리가 잠시 고민하다가 말했다.

“예를 들면, 어제의 너구리 같은 것들요.”

난 그만 웃음을 터뜨려 버렸다. 너구리라니! 드래곤이나 늑대 같은 것들보다는 훨씬 덜 위험해 보였다. 하지만 선 대리가 심각한 표정을 지었기에 나도 웃음을 멈췄다.

“웃을 일이 아니에요. 경계를 따라 조심히 이동해요.”

선 대리는 낯선 환경에 잔뜩 긴장한 것처럼 보였다. 하지만 나는 이상하게도 두렵지 않았다. 오히려 마음이 편안했다. 지금 여기서라면 너구리 따위 수백 마리가 몰려와도 날려버릴 수 있을 것 같았다.

그때 어디선가 어린아이의 울음소리가 났다. 우리는 거의 동시에 소리가 난 방향으로 고개를 돌렸다. 끊어질 듯 짧게 우는 소리가 이어졌다. 아이가 저렇게 울기도 하나? 혹시 아이가 아니라면 고양이 같은 걸까? 선 대리가 단검을 감아쥐고 내 곁에 붙었다. 그녀의 어깨가 내 몸에 슬쩍 닿았다. 평소에는 나보다 훨씬 더 용감한 선 대리가 오늘따라 많이 긴장한 것 같은데? 나는 손을 살짝 들었다가 다시 내려놨다. 그녀의 어깨를 감싸 안심시켜 주고 싶었지만 애써 잠들기 전의 결심을 떠올렸다. 꿈이라도 지켜야 할 선은 있는 법이다.

천천히 흙길을 따라 아래로 내려가다 보니 시간이 흘러 밤이 되었다. 꿈속에서는 시간의 흐름이 일정하지 않기 때문에 엄밀히 말해 시간이 흘렀다기보다는 밤의 공간에 들어왔다고 보는 게 더 정확할 것이다. 그곳에 새하얀 불빛이 창밖으로 은은히 새어 나오는 작은 벽돌집이 있었다. 집 앞에는 잘 꾸며진 정원이 있었고 정원의 연못에는 달빛이 비쳤다. 누군가를 찌를 수 있을 만큼 날카로운 그믐달이었다.

다시 아이 울음소리가 들렸다. 벽돌집의 안쪽이었다. 선 대리가 속삭이듯 물었다.

"들어가야 할까요?"

나는 좌우를 둘러봤다. 외통수였다. 벽돌집 외에는 암흑 물질로 가득 찬 우주 같은 공간밖에 없었다. 그러니까 딱히 피해 갈 길이 있는 것 같진 않았다. 경계 밖의 꿈은 선택지가 좁았다. 이곳을 통과해야 다음 장소로 이동할 수 있었다. 나는 고개를 끄덕이고 앞장서서 벽돌집 입구에 섰다. 어라? 여기 초인종이 있네? 눌러야겠지?

딩동. 갑자기 아이 울음소리가 멈췄다. 그리고 세상의 모든 소리가 사라진 것 같은 숨 막히는 정적. 이제는 나도 슬슬 긴장되기 시작했다. 딩동. 한 번 더 초인종을 눌러보았지만, 집 안쪽에서는 아무 반응도 없었다. 나는 잠시 망설이다가 문고리를 잡았다. 손바닥에 달라붙는 금속 재질이 차가웠다. 어차 피 돌파해야 할 곳이었다. 문고리를 당겨보니 잠겨 있진 않았다. 나는 불사조의 활을 손에 쥔 뒤 과감하게 문을 열어젖히고 뛰어들었다.

"실례합니다!"

최소한의 예의범절은 잊지 않았다. 뛰어든 곳은 고풍스러운 다이닝 룸이었다. 널찍한 공간의 한가운데엔 화려한 샹들리에가 드리운 원목 식탁이 있었다. 타오르는 불의 화살을 겨냥한 채로 전후좌우를 둘러봤지만, 어디에도 사람은 없었다. 따라 들어온 선 대리가 식탁 앞에 섰다.

"치킨…이네요?"

식탁 위에는 갓 튀겨 모락모락 김이 나는 치킨과 살얼음이 낀 잔에 담긴 맥주가 놓여 있었다. 치킨과 맥주? 이 우아한 공간에 어울리지 않는 뜬금없는 메뉴 선정은 역시 이곳이 내 꿈속이기 때문일 것이다. 자각몽의 단점은 자신의 부족한 상상력에 자괴감을 느낄 수도 있단 거였다.

"맛있어 보이네요. 하지만 먹으면 안 되겠죠?"

"네. 이렇게 완벽하게 수상한 음식은 처음이네요."

긴장이 풀린 것도 잠시, 다시 어린아이의 날카로운 울음소리와 스르렁 스르렁 칼 가는 소리가 들리기 시작했다. 소리는 정면에 보이는 벽 뒤에서 들렸다. 벽에는 두 개의 방문이 있었다. 왠지 둘 중 어느 한쪽만이 정답으로 통하는 길일 것 같았다. 나는 한 쪽씩 방문에 귀를 가까이 대보았다. 분명 왼쪽 문 뒤에서만 소리가 들리고 있었다. 그렇다면 오른쪽이 정답! 이라 생각하고 문고리에 손을 대려다 문득 그렇게 쉬울 리가 없다는 생각이 들었다. 굳이 외통수의 길을 만들어 놓고서 다시 이걸 피해 가도록 해준다고? 꿈은 무의식의 영역이고 무의식이 한 일은 직관적이고 본능적이다. 피해 갈 수 있을 리가 없잖아! 나는 잠시 각오를 다진 뒤 다시 왼쪽 문 앞으로 다가가 문고리를 잡았다. 선 대리와 눈을 맞추고 고개를 끄덕인 뒤 문을 열었다.

문 너머는 방이 아닌 뒷마당이었다. 드라마에서나 보던 고급 주택가의 안뜰 같은 느낌이기도 했다. 잔디밭 한쪽 구석에는 돌로 된 동물 석상 같은 조형물이 늘어서 있었고 마당 한복판의 매끈한 돌판 위에는 여자 옷을 입은 여우 한 마리가 새빨간 손톱을 날카롭게 갈고 있었다. 갈고 있던 게 칼이 아니라 손톱이었군. 손톱은 어림잡아도 30cm 길이는 돼 보였다. 손톱 끝부분이 송곳처럼 뾰족해서 찔리면 아프다 정도로는 끝나지 않을 것 같았다. 대체 무슨 재질로 만들어지면 손톱을 가는데 칼 가는 소리가 나는 거지? 눈송이처럼 새하얀 털을 가진 여우는 이쪽을 보고는 키득키득 어린아이 같은 웃음

소리를 냈다. 꼬리가 부채처럼 활짝 펴졌다. 아홉 개의 꼬리가 달빛에 빛났다.

다음 순간 생각할 것도 없이 불사조의 활을 당겼다. 그와 동시에 여우가 손톱을 세우고 달려들었다. 그 어느 때보다 강렬한 불꽃이 화살이 되어 날아갔다. 맞혔다, 라는 확신이 의심으로 바뀐 것은 한순간이었다. 화살이 관통한 자리에 남은 것은 불에 탄 옷자락뿐이었다. 선 대리가 내 등 뒤에서 단검을 내리쳤다. 여우의 손톱과 단검이 부딪치며 불똥이 튀었다. 여자 옷을 벗어 던진 하얀 여우는 새빨간 손톱을 예리하게 그으며 달려들었다. 선 대리가 단검으로 어떻게든 막아서고 있었지만, 양손을 쓰는 여우의 맹공에 뒤로 밀리고 있었다. 여우가 공격할 때마다 허공에서 매서운 눈보라가 몰아쳤다.

내가 물러나서 불사조의 활을 당기려 하자 어느새 여우가 내 등 뒤에 나타나 손톱을 꽂아 넣었다. 빨랐다. 또다시 선 대리가 뛰어들어 단검으로 쳐내지 않았다면 복부가 꿰뚫릴 뻔했다. 선 대리가 힘겹게 손톱을 방어하며 물러나는 만큼 나도 주춤주춤 뒤로 물러났다.

대리님은 이번에도 절 지켜주시는군요. 하지만 물러서는 것에도 한계가 있었다. 어서 내가 뭐라도 해야 했다. 그때 등 뒤에 뭔가 딱딱한 게 닿았다. 아까 처음 봤던 동물 석상이었다. 그런데 이건 무슨 동물이지?

- 불 좀 빌려주겠나?

그런 소리를 들은 것 같았다. 그러고 보니 석상은 입에 담배 한 개비를 물고 있었다. 그런데 석상이 지금 나한테 담뱃불을 빌려달라 한 거야? 말이 안 되는 상황이었지만 그런 걸 따질 겨를은 없었다. 나는 비가 와도 눈이 와도 반드시 타오르고야 마는 불사조의 활을 당겼다. 불꽃을 본 여우가 다급히 몸을 뒤틀어 내 오른쪽 어깨에 손톱을 박아 넣으려 했지만 선 대리가 나를 밀쳐 가까스로 피할 수 있었다. 나는 선 대리가 단검을 크게 휘둘러 여우의 손톱을 쳐내는 걸 보며 바닥을 한 바퀴 뒹굴었다. 그 와중에도 활시위는 놓치지 않았다. 그리고 시야가 핑그르르 한 바퀴 돌아 다시 석상이 눈에 들어오는 순간 시위를 놓았다. 불꽃의 화살이 날아가 석상이 물고 있던 담배를 스쳤다. 된 건가? 여우가 날카로운 아기 울음소리를 냈다.

잠시 후 담배에서 뻐끔뻐끔 연기가 피어오르더니 석상이 꿈틀 움직였다. 자신이 내뿜은 연기를 통과한 석상은 어느새 사람만 한 너구리가 되었다. 너구리가 뒤뚱뒤뚱 무거운 걸음을 옮기기 시작하자 여우가 부르르 떨며 뒤로 물러나 꼬리를 말았다. 살을 에던 눈보라가 그쳤다. 아까의 사나운 기세는 다 어디로 간 거지? 마침내 너구리가 육중한 몸으로 덮치자 여우가 깨갱 비명을 질렀다.

나는 선 대리를 돌아봤다. 선 대리가 어처구니가 없다는 눈으로 나와 여우를 번갈아 바라보고 있었다. 아마 내 표정도 비슷했을 것 같다. 하지만 나는 기회를 놓치지 않는 남자였다.

"가시죠."

*

"꺅!"

만화 같은 비명 소리와 함께 푸른 우레탄 바닥에 미호 과장의 구두 굽이 끼었다. 시에서 산책로라고 깔아놓은 곳인데 움푹 파인 곳이 있었던 모양이다. 구환이 몸을 숙여 자신의 등을 짚게 하고 손가락으로 굽을 빼더니 일어나서 말했다.

"12시가 아닌데 벌써 유리 구두를 벗어놓으시면 어떡합니까?"

그 한마디에 미호 과장은 얼굴이 빨개지도록 깔깔 웃었다. 나는 도저히 표정 관리가 안 되었지만 내 표정이 얼마나 썩어 들어가는지 따위엔 두 사람 모두 아무런 관심이 없는 것 같았다. 잠시 후 12시가 되자 우리는 미호 과장이 미리 예약한 파스타 가게에 도착했다. 구두를 벗을 일은 없었고 내가 입을 열 일은 더더욱 없었다. 구환이 미호 과장과 좋아하는 영화와 음악, 와인과 요리에 관한 취향을 공유하며 신나게 떠드는 동안 내가 한 일이라곤 물을 따르거나 냅킨을 전달하는 일 정도가 전부였다.

오늘 점심의 원래 목적은 미호 과장이 나한테 밥을 사주려던 거 아니었나? 그리고 구환이 넌 야근의 대가로 그저 밥이나 얻어먹고 싶었던 거 아니었어? 빠져야 할 타이밍을 놓쳐버린 소개팅의 주선자가 된 느낌을 받으며 아까부터 비어 있던 접시를 바라보고 있으려니 어느덧 일어날 시간이 되었다. 두 사람은 아쉬운 듯 멈칫거리며 일어났지만 나는 다 끝났다는 생각에 오히려 홀가분했다. 현명한 사회생활의 노하우는 이이제이다. 오랑캐는 오랑캐로, 짐승은 짐승으로 막아야 하는 법이다. 나한테는 그렇게 할 말 못할 말 쏘아대던 미호 과장이 구환이 앞에서는 순한 양이 따로 없었다.

식당 입구에서 기다리고 있는데 계산대에 간 미호 과장이 한참이나 나오질 않았다. 안쪽을 들여다보니 그녀는 당황한 표정으로 손짓·발짓을 하며 점원에게 뭔가를 힘겹게 설명하고 있었다. 그 모습을 본 구환이 망설임 없이 계산대에 다가갔고 나도 별수 없이 뒤따라갔다. 우리를 본 미호 과장이 많이 당황한 듯 말했다.

"어떡하지? 나 사무실에 지갑을 놓고 온 거 같아."

이건 또 무슨 수작이지? 안 그래도 썩어 있던 내 표정이 아마 한층 썩어 들어갔을 것 같다. 물론 이번에도 내 표정엔 누구도 관심이 없었다. 구환은 오히려 능청스럽게 주머니에서 카드를 꺼내더니 "그럼 오늘은 제가 삽니다." 하고 말릴 새도 없이 점원에게 건넸다. 그 옆 모습을 마치 구세주라도 목격한 광신도처럼 두 손을 모으고 바라보는 미호 과장을 보자니 한숨이 절로 나왔다.

미호 과장은 정말 미안하다며 다음엔 꼭 자기가 오늘보다 더 크게 대접하겠다고 말했다. 아니, 저는 괜찮은데요, 라고 말하기도 전에 다음 약속이 잡혀버렸다. 아이고 두통이야.

사무실에 돌아와서 다시 일을 시작하고 있으려니 얼마 못 가 구환의 메신저가 왔다.

- 야, 나 주말에 미호 과장 만나기로 했어.

이 사람들 진도 한번 심하게 빠르네. 어이가 없어서 옆자리를 쳐다보자, 미호 과장이 콧노래를 흥얼거리며 새빨간 네일을 손질하고 있었다.

절이 싫으면 중이 떠나야지. 냉수나 한잔 마시자! 나는 자리에서 일어나 정수기 앞으로 갔다. 머그잔으로 손잡이를 밀자 냉수가 쫄쫄 나오기 시작했다. 한창 물을 받고 있는데 회의실에서 걸어 나오는 용 팀장과 마주쳤다. 통로가 좁았기에 나는 정수기에서 조금 비켜서며 고개를 숙여 인사를 했다. 용 팀장은 젠틀한 미소로 인사를 받으며 나를 지나쳤고 나는 다시 고개를 숙여 정수기에 컵을 갖다 대려 했다. 그때 가까이 다가오는 치맛자락이 시야에 걸렸다. 용 팀장과 함께 회의한 사람인가? 옆트임이 찰랑거리는 베이지색 치마, 그 위로 새하얀 구름 같은 블라우스, 그리고 마침내 고개를 완전히 들었을 때 내 눈을 투명하게 바라보는 선 대리의 얼굴과 마주쳤다. 미처 대비하지 못한 채 그녀의 눈동자를 마주한 나는 그만 당황해서 컵을 떨어뜨려 버렸다. 반쯤 받았던 물이 바닥에 흥건하게 쏟아졌다.

"죄송해요."

"아뇨, 제가 죄송해요."

선 대리가 사과할 일이 뭐가 있을까. 다 내 실수인 것을. 이제 얼굴 하나 보는 데도 마음의 준비가 필요할 지경이 된 걸까. 나는 급히 휴지를 뽑아 바닥의 물을 닦았다. 선 대리도 허리를 숙여 닦는 것을 도와줬다. 커피 같은 게 아닌, 그냥 정숫물이라서 다행이었다. 바닥은 금방 깨끗이 닦였다.

"감사합니다. 이제 제가 마무리할게요."

휴지를 훔치며 내가 말하자 선 대리가 생긋 웃으며 일어났다. 그 순간 치마의 트임 사이로 새하얀 다리가 슬쩍 보였다. 나는 양심의 가책을 느끼며 얼른 시선을 돌렸지만 이미 보고 말았다. 그 허벅지에 꽤나 아플 것 같은 검푸른 멍이 들어 있었다. 어디서 저렇게 심하게 다친 걸까?

등 뒤의 시선이 따가웠다. 기분 탓일 수도 있지만 아마 그 시선의 주인공으로 짐작되는 이의 나직한 목소리가 들렸다.

"선 대리. 오늘 저녁에 남아서 자료 준비하는 거 마무리해 줄 수 있을까?"

용 팀장이었다. 야근하라는 얘긴가? 사적인 관계가 어떻든 팀장은 팀장이란 거네.

"제가 오늘은 병원에 가봐야 해서 야근은 어려울 것 같아요."

선 대리의 목소리가 들렸다. 병원이라니, 역시 다치신 걸까? 그나저나 나는 왜 계속 귀를 쫑긋 세우고 엿듣고 있는 거니?

"문 주임."

"네?"

반사적으로 대답하자 고 팀장이 타박했다.

"벌써 세 번 불렀다. 어디다 정신 팔고 있는 거야?"

이런. 남의 팀장 얘기를 듣느라 우리 팀장 목소리를 놓쳐버리다니. 컵을 서둘러 자리에 두고 고 팀장 앞으로 갔다.


하. 이제 회사에서 깊은 한숨을 쉬는 것이 습관화되고 있었다. 고 팀장은 드디어 부장한테 보고서를 가져간 모양이었다. 다행히 보고 자체는 그럭저럭 잘 끝난 듯했다. 부장이 임원 보고로 올리겠다고 한 걸로 봐서 내용이 제법 만족스러

웠던 것 같았다. 거기까진 다 좋았다. 문제는 고 팀장이 그 사실에 고무되어 보고서를 PPT로 만들자고 한 것에 있었다. 아니, 도대체 같은 내용의 보고서를 형태만 바꿔가며 벌써 몇 번이나 다시 쓰는 건지. 이럴 거면 처음부터 PPT로 만들라고 하던가. 그리고 어차피 같은 내용인데 그냥 워드로 보고하면 안 되나? 보고서에 작성된 일을 실행하기 위해 더 바빠야 할 실무자가 지금 그 일을 보고하느라 더 바쁘게 생겼다. 주객전도도 이런 주객전도가 따로 없었다.

"이게 나 좋자고 그러는 거야?"

고 팀장에게 그럼 누구 좋자고 그러는 건가요? 나는 별로 안 좋은데요? 라고 대꾸하려다 저항할 시간조차 아까워서 말았다. 어차피 대꾸를 해본들 잔소리만 더 길어질 뿐 달라지는 건 없었다. 저항하는 것도 시간과 에너지가 남아돌아야 할 수 있는 법이다. 저항이 사치품이라는 걸 회사에 와서야 깨달았다.

"그리고 회식 자리 좌석 배치도는 나왔니?"

나는 이를 갈았다. 내가 당신 자리는 제일 안 좋은 곳에 배정하고 만다. 어디 공기역학적으로 고기 굽는 연기를 가장 많이 마시게 되는 자리가 없나.


결국 야근을 해버렸다. 어이없게도 임원 보고 자료도 아닌 좌석 배치도를 만드는 일 때문이었다. 내일 아침에는 부장님에게 보여드리고 싶다나 뭐라나. 노예의 삶이 따로 없군. 나는 그날의 일과를 마치고 헛간으로 돌아가는 노예처럼 온몸의 기력을 모조리 소진한 채 터덜터덜 회사 밖으로 걸어 나왔다. 캄캄한 버스정류장에서 쓸쓸히 버스를 기다리던 중 갑자기 회사 건물로 들어가는 한 사람이 눈에 들어왔다. 먼 발치였지만 그건 분명 선 대리였다. 아까 병원 때문에 야근은 어렵다고 하지 않았나? 그러고 보니 사무실에 용 팀장이 남아 있는 거 같던데 설마 병원에 갔다가 다시 돌아가는 길인 건가? 아무리 가까운 사이래도 이 시간에 사무실로 다시 부르는 건 좀 너무한 거 같은데?

\*

"이제부터 최단 거리로 폭포 아래까지 내려갈 거예요."

눈앞에 다시 광활한 드래곤의 숲이 펼쳐졌다. 산 아래로 내려가는 길에는 마치 누가 수백 년 전부터 닦아놓은 것 같은 돌계단이 놓여 있었다. 폭포의 습기 때문인지 세월 때문인지 돌계단 곳곳에는 이끼가 가득했다. 꿈이니까 이런 장엄한 대자연의 폭포 옆에 뜬금없이 돌계단이 있다고 해서 이상할 건 없었다. 이곳은 논리가 아닌 직관의 세계였다. 돌계단 주변에는 크고 단단한 나무들이 울창한 병풍처럼 둘러쳐져 있어 거대한 몸집의 늑대가 돌아다니긴 어려워 보였다. 아마도 늑대의 접근을 막기 위해 선 대리가 구현한 지름길인 것 같았다.

마치 잘 정비된 등산길을 하산하는 기분으로 선 대리의 뒤를 따라 내려가고 있는데 무언가 위화감이 느껴졌다. 산 아래로 내리꽂히는 웅장한 폭포 소리 사이로 미묘하지만, 이질적인 소리가 귀에 걸리고 있었다. 풀숲 저편에서 자꾸만 바스락거리는 소리가 나는 것 같았다.

바스락? 우리는 돌계단을 걷고 있는데 바스락 소리는 누가 내는 거지? 불길한 예감에 앞서가는 선 대리의 손목을 붙잡아 멈춰 세웠다.

"저 소리 들려요?"

내 목소리에서 선 대리도 심상치 않은 분위기를 느꼈는지 귀를 쫑긋 세우고 주변을 경계하기 시작했다. 그때 산 위쪽에서 다시 한번 풀숲이 바스락 부서지는 소리가 났다. 재빨리 돌아보니 수풀 넘어 무언가 움직였다. 짐승의 형체였다. 난 등에 메고 있던 불사조의 활을 조용히 집어 들었다. 그때 짐승이 다시 나타났다.

처음에는 들개인 줄 알았다. 하지만 회색 털을 가진 그것이 나무 사이로 사라졌다가 다시 온전한 모습을 드러냈을 때 비로소 늑대인 것을 깨달았다.

"작은 놈도 있었네요."

처음 마주한 드래곤보다 훨씬 작은 크기였다. 마치 보통의 늑대 같았다.

"아마 우리를 추적하기 위해 만든 것 같아요."

"드래곤은 그런 것도 할 수 있군요."

나는 가만히 몸을 낮추며 불사조의 활을 당겼다. 화르륵 불 꽃이 일며 불의 화살이 장전되었다. 시위를 당기는 것만으로 무한의 불화살을 쏠 수 있는 불사조의 활. 팽팽해진 시위를 놓자 화살이 불꽃을 그리며 날아가 늑대의 허리춤을 스쳤다. 늑대는 깨갱 소리를 내며 풀숲 사이로 사라져 버렸다. 굳이 녀석을 쫓을 필요는 없을 것 같았다. 선 대리가 말했다.

"서두르죠. 우리 위치를 들킨 것 같아요."

우리는 아까보다 잰걸음으로 돌계단을 내려갔다. 발밑의 계단을 보랴 주변을 경계하랴 긴장을 풀 틈이 없었다. 늑대는 내려가는 길목마다 계속해서 나타났다. 한두 마리가 아니었다. 그것들은 명백히 우리를 추적해 오고 있었다. 심지어 시간이 지날수록 점점 그 수가 늘어나는 것 같았다. 화살을 쏘아 위협하면 잠깐 뒤로 물러나는 듯했지만 몇 걸음 걸으면 금방 다시 거리를 좁혀왔다. 늑대들은 점점 노골적으로 뒤를 쫓아 오더니 급기야 네 마리가 돌계단에서 일정한 거리를 두고 우리 뒤를 따라오기에 이르렀다. 활을 겨누면 사정거리 밖으로 도망갔다가 다시 걷기 시작하면 따라오기를 반복하자 나도 슬슬 지치고 짜증이 났다.

마침내 산 아래로 짙은 청록색 물감을 풀어놓은 것 같은 연못이 보이기 시작했다. 폭포가 떨어져서 땅과 만나는 지점에 생겨난 커다란 연못이었다. 그때였다. 우리가 걷고 있는 돌계단 바로 옆에서 돌연 바스락거리는 소리가 나더니 늑대 한 마리가 더 나타났다. 얼룩 늑대. 그 녀석은 아무런 거리낌 없이 우리를 빤히 쳐다보며 보조를 맞춰 걸었다. 나는 선 대리를 길 안쪽에 서게 했다. 그리고 불의 화살로 그 녀석을 위협해 쫓으려고 하다가 그만 선 대리의 어깨와 부딪혔다. 갑자기 선 대리가 멈춰 선 것이다. 멈춰 선 이유는 곧바로 알 수 있었다. 돌계단 아래쪽에서 검은 늑대 한 마리가 기다렸다는 듯이 길을 막고 이쪽을 노려보고 있었다. 선 대리 옆에서도 또 새로운 늑대가 한 마리 나타났다.

포위됐다. 우리 뒤에 네 마리. 양 옆에 각각 한 마리씩 두 마리. 그리고 저 아래에서 길을 막고 있는 한 마리. 모두 일곱 마리였다. 늑대들은 우리 쪽으로 시선을 고정한 채 어슬렁거리며 기회를 엿보고 있었다. 혀를 찼다. 선 대리가 단검을 수평으로 들고 손을 앞으로 쭉 뻗었다. 전투 자세였다.

"주임님, 폭포 아래에 가면 거울의 방패를 찾을 수 있어요. 그건 주임님의 물건이니까 오직 주임님만 발견할 수 있어요.

기억하세요. 거울의 방패예요. 그것만 챙기고 나면 바로 안개의 계곡으로 숨는 거예요."

그렇게 거울의 방패가 존재하게 되었다.

"어쩌시려고요?"

"아래쪽에서 길을 막고 있는 저 녀석만 쫓아주세요. 그걸 신호로 달리죠. 혹시 늑대가 가까이 붙게 되면 제가 어떻게든 해결해 볼게요."

선 대리는 단검을 쥐어짜듯 손에 꽉 쥐고 말했다. 아무리 그래도 단검 하나로 상대하기엔 너무 위험해 보이는 녀석들인데…. 하지만 나는 오랜 동료를 신뢰하기로 했다. 활시위를 당겼다. 화르르 불의 화살이 타올랐다. 천천히 숫자를 셌다.

"하나, 둘,"

그리고 본능적으로 시위를 놓았다. 경험상 늑대의 반사신경은 나의 속도를 월등히 앞서고 있었다. 그러니까 꿈속의 자아조차 예상하지 못하는 타이밍에 화살을 쏘아야 했다. 순간 발사를 인지하더라도 스스로조차 대비할 수 없는 속도로.

불사조의 화살이 새처럼 날아가 검은 늑대의 이마를 관통했다.

"셋."

그 말을 신호로 달렸다. 우리가 달리기 시작하자 갑자기 흥분한 늑대들이 미친 듯이 짖으며 쫓아오기 시작했다. 이래서

야생동물을 만났을 땐 함부로 뛰지 말랬는데….

어느새 바로 옆까지 쫓아온 한 놈이 내 팔을 향해 펄쩍 뛰었다. 그 순간 선 대리가 내 몸을 빙글 타고 돌며 탄력 있게 회전하더니 녀석의 목에 단검을 꽂아 넣었다. 우워어, 대리님! 믿습니다! 곧바로 다음 늑대가 달려들자, 선 대리가 피 묻은 단검을 앞으로 뿌려 귀를 베어냈다. 나는 선 대리를 믿고 오직 달리기에 집중했다.

얼마 안 가 돌계단이 끝났다. 드디어 평지였다. 눈앞에는 산 중턱에서부터 우렁차게 쏟아져 내리는 폭포수가 깊고도 푸른 연못을 이루고 있었다.

거울의 방패, 거울의 방패, 속으로 반복해 읊조렸다. 언제나 가장 힘든 과정이었다. 선 대리는 사물을 구체화하기 쉽게 언어로 정의해 줄 뿐 결국 나의 장비는 내가 '발견'해야 했다. 이건 내 꿈이었으니까. 꿈속에서 어떤 사물을 인지하고 그걸 내 것으로 만들기 위해서는 이 꿈의 세계에서 정합성을 가지는 구체적인 물체를 스스로 상상해야 했다. 언어를 매개 삼아 막연한 무의식의 영역에서 선명한 의식의 영역으로 물질적 실체를 꺼내는 과정이었다.

무작정 폭포를 향해 달려가며 뒤를 돌아보니 선 대리가 단검을 휘두르며 늑대 여러 마리와 고군분투하고 있었다. 조금만 버텨요, 대리님! 하지만 그 순간 내 바람이 무색하게도 늑대 한 마리가 선 대리의 허벅지를 덥석 물었다. 안 돼! 비명을 지른 건 오히려 나였다. 선 대리는 신음 하나 없이 자기 허벅지를 물고 늘어진 늑대의 정수리에 단검을 박아 넣고는 곧바로 다음 늑대를 향해 칼을 겨눴다. 그 모습에서 나를 지키겠다는 결연한 의지가 느껴졌다.

그래. 나도 기대에 부응해야 했다. 지금은 선 대리를 보고 있을 때가 아니다. 나는 나의 할 일을 하자. 선 대리가 혼자서 버틸 수 있는 시간은 많지 않았다. 어서 거울의 방패를 찾아야 했다. 그런데 대체 어디서부터 시작해야 하지?

나는 초조함에 입술을 잘근잘근 씹으며 연못 앞에 멈춰 섰다. 수면에는 영롱한 빛이 반사되어 부서지고 있었다. 그곳에서 연못을 내려다보는 나의 초조한 모습도 물결을 따라 함께 흔들리며 비치고 있었다. 불현듯 나는 거울의 방패를 어떻게 찾아야 하는지 깨달았다. 연못 표면에서 빛이 산란하는 모습을 좌에서 우로 찬찬히 살펴보았다. 유독 빛이 반짝이는 곳이 있었다. 빛이 반짝이는 게 먼저였는지, 내가 빛이 반짝이는 지점을 상상한 게 먼저였는지는 알 수 없었다. 어차피 꿈속에서 선후관계는 중요치 않았다.

나는 망설임 없이 물속으로 뛰어들었다. 팔을 휘적휘적 저으며 수영하듯 빛이 반짝이는 곳으로 나아갔다. 물이 점점 깊어져 허리까지 차는 지점에 이르자 마침내 그것을 볼 수 있었다. 연못 바닥에서 빛나는 찬란한 거울. 나는 허리를 숙여 그것을 집어 들었다. 거울의 방패였다.

거울의 방패는 이름처럼 투명하고 매끈한 표면을 가지고 있었다. 손잡이가 없었다면 정말 거울이라고 착각할 정도였다. 나는 꿈속에서 처음으로 거울에 비친 내 얼굴을 보았다. 어쩐 일인지 면도까지 깨끗하게 되어 있었다. 흠. 이 정도면 준수한가? 아니, 이럴 때가 아니라 이제 선 대리에게 돌아가야…. 내가 방금 뭘 본 거지? 거울의 방패를 들고 일어서다가 방패 표면에 폭포 꼭대기가 비쳤다. 비쳤는데…. 나는 다시 거울의 방패를 기울여 내가 본 것을 확인했다. 순간 심장이 멎을 것처럼 온몸이 경직되었다. 거대한 두 눈이 거울을 통해 나를 또렷이 지켜보고 있었다. 나는 고개를 들어 폭포 꼭대기의 그것을 확인했다.

거대 늑대의 형상을 한 드래곤이었다. 저기서 지켜보고 있었나. 선 대리에게 알려줘야 했다. 나는 요란한 물보라를 일으키며 연못 밖으로 허겁지겁 빠져나왔다.

"대리님, 폭포 위에!"

"주임님, 조심해요!"

우리는 거의 동시에 말했다. 나는 그제야 폭포 위의 거대한 위험보다 눈앞의 작은 위험이 더 시급하다는 사실을 깨달았다. 검은 늑대 한 마리가 컹컹 짖으며 나를 향해 달려왔다.

녀석이 달려드는 찰나 나는 거울의 방패를 꺼내 앞을 막았다. 녀석의 이빨과 나의 방패가 부딪쳤다.

다음 순간 검은 늑대가 비명을 지르며 바닥에 나가떨어졌다. 녀석의 미간에는 늑대의 이빨 자국이 나 있었다. 과연 그래서 거울의 방패로군! 받은 공격을 그대로 상대에게 반사하는 것이다.

따로 설명하지 않아도 내가 방패를 얻은 것을 눈으로 확인한 선 대리가 외쳤다.

"뛰어요! 안개의 계곡으로!"

안개의 계곡이 시야 안에 생겨났다. 선 대리의 언어가 계곡을 구체화한 것이다. 연못의 물길이 이어지는 그곳에 안개가 자욱한 숲이 펼쳐져 있었다. 누가 봐도 저기가 안개의 계곡이었다. 그곳으로 달리기 시작했다.

"악!"

그때 선 대리의 외마디 비명 소리가 들렸다. 돌아보니 늑대한 마리가 선 대리의 왼손을 물고 있었다. 이제 내가 지킬 차례다. 나는 불사조의 활을 당겼다. 겨냥한 화살촉 끝이 닿는 곳에 선 대리와 늑대가 엉켜 있었다. 결코 조준에 실패해서는 안 되는 한 발. 나는 크게 들이쉰 숨을 반쯤 내뱉은 다음 그대로 호흡을 멈췄다. 위대한 궁사 빌헬름 텔 선생님, 이 순간 저에게 위험을 무릅쓸 용기와 그 용기를 뒷받침할 실력을 주소서! 그렇게 확신이 설 때까지 기다리고 기다렸다. 마침내 그 순간이 왔다. 화살이 손을 떠났다.

쏘기 전부터 이미 명중을 확신했기에 나는 결과를 확인하기도 전에 선 대리를 향해 달렸다. 미간에 화살을 맞은 늑대가 나가떨어지자 선 대리는 주저앉은 채 힘겹게 나를 향해 돌아섰다. 그 왼손에서는 붉은 피가 뚝뚝 떨어지고 있었다. 나는 화살을 연거푸 날려 늑대들의 접근을 막고 나서 선 대리를 부축해 달렸다. 선 대리는 다리를 절룩거렸다. 아까 물린 허벅지. 역시 아무렇지 않은 게 아니었구나!

"미안해요."

선 대리의 사과에 울컥했다.

"대리님이 왜 미안해요!"

선 대리의 왼손에서는 걸을 때마다 핏방울이 줄줄 떨어졌다. 그녀는 점점 달리기가 버거운 듯 몸무게를 실어 나에게 의지했다. 나는 선 대리의 가녀린 허리를 더욱 단단히 잡았다. 안고 달릴 여력이 없다는 게 미안했다.

금세 축축한 안개가 피부에 달라붙기 시작했다. 한 치 앞도 보이지 않는 새하얀 숲이 바로 앞에 있었다. 안개의 계곡으로 들어서는 순간 뒤에서 쿵 하고 땅이 울렸다. 우리는 동시에 뒤를 돌아보았다.

"미친!"

은빛 털을 가진 거대한 늑대가 폭포에서 뛰어내렸다.

# 안개의 계곡

*

화들짝 놀라 잠에서 깼다. 지금 몇 시지? 이런, 늦었잖아! 알람은 왜 안 울린 거지? 설마 내가 알람을 끈 거야? 씻는 둥 마는 둥 옷가지만 대충 걸치고 부랴부랴 출근했다. 집 밖을 나서 엘리베이터를 탄 순간 까만 양말에 흰 운동화를 신었다는 걸 깨달았지만 다시 바꿔 신으러 들어갈 시간은 없었다. 에라 모르겠다. 패션은 자신감이지!

지하철 안에서도 최단 거리 환승을 위해 인파를 뚫고 앞 칸으로 달렸고, 역에 도착해서도 에스컬레이터를 껑충껑충 뛰어올랐다. 마침내 사무실에 들어서는 순간 손목시계를 확인하니 8시 59분, 가까스로 세이프였다. 자리에 앉아 노트북 전원을 넣자마자 미호 과장이 손으로 책상을 톡톡 쳤다. 무슨 일인가 싶어 쳐다봤더니 입 모양으로 속삭이듯 팀장한테 가보라며 손으로 목을 긋는 시늉을 했다. 불길한데 뭐지?

9시 정각, 인트라넷 접속을 위해 로그인 암호를 넣은 뒤 팀장 자리로 가서 찾으셨습니까, 하는 순간 이미 심기가 불편함을 온몸으로 표현하고 있는 거대한 덩치가 삐그덕삐그덕 의자를 돌려 나를 쳐다봤다. 너 뭐야, 하는 표정이었다. 고 팀장은 다들 잘 들으라는 듯이 큰 소리로 다짜고짜 물었다.

"문 주임. 지금이 몇 시야?"

나는 시계를 봤다.

"9시입니다."

왠지 내 대답이 화를 더 돋운 것 같았다. 고 팀장은 이런 놈은 처음 본다는 표정으로 나를 노려보더니 한숨을 폭 쉬었다. 그럼 뭐라고 답했어야 하는데?

"그래서, 지금 칼출근했다 이거야? 그 말이야?"

아아 고 팀장 연필꽂이에 저 노란색 커터 칼. 진즉에 버렸어야 했는데…. 고 팀장의 목소리가 워낙 커서 옆 팀 사람들까지 다 이쪽을 쳐다봤다. 부끄러웠다.

"9시는 근무를 시작하는 시간이지 컴퓨터 전원을 넣는 시

76

간이 아니라고. 앞으로 최소한 10분 전까지는 사무실에 출근해 있자. 응? 또 어디 가서 나를 꼰대라고 말하기 전에 스스로 한번 잘 생각해 봐. 평소 수업 시간이나 열차 시간 같은 건 최소 10분 전에 도착해 있지 않아? 미리 도착하는 건 사회생활의 기본 예의야."

눈물이 핑 돌았다. 내가 매일 늦게 온 것도 아니고, 단 한 번 9시에 맞춰 온 걸로 이렇게까지 할 일인가? 그리고 이렇게 공식적으로 10분 전까지 출근하라고 선언할 거면 시간 외 수당도 매일 10분씩 챙겨줄 건가? 안 챙겨줄 거라면 10분 전부터 컴퓨터 전원을 끄고 퇴근을 준비해도 되는 건가? 퇴근 시간은 퇴근을 시작하는 시간이지 퇴근을 준비하는 시간은 아니잖아? 그리고 예의라니! 예의라는 건 상호 간에 갖춰야 하는 거 아닌가? 내가 진짜 예의 없는 게 어떤 건지 한번 보여줘?

고 팀장을 들이받기 직전에 남아 있던 이성의 끈이 급브레이크를 밟았다. 여기서 일을 키우면 나중에 수습하느라 더 피곤하다. 싸움도 체력이 있어야 할 수 있는 법이다. 팀장과 감정싸움을 하기에는 늑대와의 밤샘 전투에 너무나도 지쳐 있었다. 그냥 저 사람이 원하는 다섯 글자만 발음하면 이 게임은 끝난다.

"죄송합니다."

슬쩍 옆 팀을 봤는데 선 대리는 자리에 없었다. 이런 부끄러운 모습을 안 보여줘도 돼서 그나마 다행이라는 생각이 들었다.

"앞으로 똑바로 해."

고 팀장은 내 어깨를 툭툭 치더니 다시 모니터를 향해 육중한 몸을 돌렸다. 게임 끝. 굴욕적인 패잔병은 쓸쓸히 자리로 돌아왔다.

고 팀장은 9시 30분이 되자 흡연자인 차장 하나를 데리고 담배를 피우러 나갔다. 루틴이었다. 매일 출근 시간 직후에 저러는 건 대체 무슨 사회생활의 예의인 거지? 다시 자리에 돌아오기까지 못해도 20분은 걸릴 것이다. 나의 10분은 안 되고 본인의 20분은 왜 되는 건지 도통 알 수가 없었다.

나는 책상 위에 놓인 거울을 보았다. 고 팀장이 돌아오는 걸 눈치채기 위한 일종의 백미러였다. 반사되는 각도를 미세 조정하며 어젯밤 꿈속의 거울의 방패에 대해 생각했다. 돌아보면 거울의 방패 같은 회사 생활이었다. 상대가 '죄송합니다'를 원할 때 '죄송합니다'를 돌려줬고 '열심히 하겠습니다'를 원할 때 '열심히 하겠습니다'를 돌려줬다. 상대가 친절을 베풀면 친절로 대했고 부당한 대우를 하면 부당한 요구로 맞섰다. 호의에는 호의로, 악의에는 악의로, 모든 외부의 공격에 대해 거울처럼 반사만 할 뿐 이곳에 내 자아는 없었다. 그러니까 결국 내 인생도 거울의 방패였다.

　오전 내내 선 대리는 자리에 없었다. 회사 메신저상으로 볼 때 휴가는 아닌 것 같았다. 마음에 걸리는 것은 선 대리의 팀장도 오전 내내 자리를 비웠다는 사실이었다. 혹시 두 사람이 함께 어디라도 간 건 아닐지 생각하니 마음이 쓰렸다.

　아니, 대체 내가 왜 마음이 쓰리지? 두 사람이 함께 어디를 가건 말건 그게 나랑 무슨 상관이람? 신경 쓰지 마. 여기는 꿈이 아니라 현실이야. 정신 차려, 문백현!

　나 자신을 다그치며 마음을 다잡았다고 생각했다. 하지만 다잡은 마음은 채 몇 분도 가지 못했다. 자꾸만 선 대리에 관한 생각이 마음속 어딘가에서 물이 새듯 슬금슬금 흘러나왔다. 대체 어디서 무얼 하고 있길래 아직도 출근을 안 하는 거지? 사람의 마음이란 참 이상한 것이어서 생각하지 말아야지 하면 오히려 그 생각에 사로잡히고 만다.

　나는 괜스레 초조한 마음으로 화장실이나 탕비실을 오가며 비어 있는 선 대리 자리 옆을 지나쳤다. 그때마다 충동적으로 마케팅팀 직원들에게 "선 대리님 어디 가셨어요?"라고 물어볼 뻔했다. 어떻게 하면 자연스럽게 물어볼 수 있을까를 고민해 봤지만 결국 어떻게 해도 부자연스러울 수밖에 없었다. 평소에 말을 걸던 사이도 아니었고 업무적으로 관련 있는 사이도 아니었다. 도대체가 내겐 선설아 대리가 어디에 갔는지를 궁금해할 명분이 하나도 없었다. 괜히 그 사람이 너를 찾더라는 말이 선 대리에게 전해지기라도 하면 더 곤란해질 수도 있었다. 왜 나는 말 한 번 제대로 걸어본 적조차 없는 사람을 매일 밤 꿈에서 만나는 걸까. 왜 나는 꿈에서 본 그 사람 때문에 현실에서조차 이토록 괴로워하는 걸까.

이게 다 그 말도 안 되는 악몽 때문이었다. 나는 워낙 불길한 꿈을 꿔서 걱정돼서 그러는 거라고. 그러니까 직장 동료로서 말이다. 인터넷에 '자각몽', '루시드 드림', '악몽' 따위를 한참 검색하며 사람들의 후기를 읽다 보니 혹시 내가 경험하고 있는 게 정말로 심각한 정신병이 아닐까 하는 생각이 들었다. 보통은 현실의 트라우마 때문에 악몽을 꾸게 되는데, 나는 반대로 악몽 때문에 현실에 트라우마가 생길 지경이었으니까.

이젠 가까운 정신과 병원을 검색해 후기를 섭렵하던 중 고팀장이 불렀다. 아차. 어제 시킨 PPT 파일을 아직 하나도 작성 안 했구나! 임원 보고 건이랬는데. 정말이지 이제는 꿈 때문에 현실까지 망가질지 진심으로 두려워졌다.

"기한을 안 박으면 뭉개고 있는 거야?"

화가 난 팀장의 말에 기분은 상해도 대꾸할 변명은 없었다. 오늘은 내 잘못이 맞았다. 고 팀장이 연필을 책상에 쿵쿵 내리찍더니 자리에서 벌떡 일어났다.

"내일 오전이 임원 회의니까 오늘 오후 네 시까지는 어떻게든 만들어서 가져와. 데드라인이야. 넘으면 너도 죽고 나도 죽는다."

고 팀장이 안 그래도 우락부락한 몸을 들이대며 위협하니 현실적인 공포가 확 밀려왔다. 팀장은 의식적으로 내 어깨를 밀치면서 담배를 피우러 나갔다. 나는 자리에 돌아와 메신저를 방해금지 상태로 변경하고 필사적으로 일에만 매달렸다. 점심시간도 대충 편의점 김밥으로 때웠다. 팀장은 점심 식사 후 들어오는 길에 내 책상의 김밥을 보고는 제법 만족스러운 표정으로 어깨를 두드리고 지나갔다. 그러거나 말거나 나는 일만 했다. 선 대리에 정신이 팔려 PPT를 깜빡했다는 게 부끄러웠고 어떻게든 만회하고 싶었다. 폭포수처럼 쏟아지는 업무 앞에서 자각몽이나 정신병 따위는 아무 일도 아닌 것처럼 느껴졌다. 정신질환 극복에는 팀장이 명약이군.

오후 네 시. 출력을 걸었다. 가까스로 시간 내에 어찌저찌 맞출 수 있었다. 평소라면 메신저로 파일만 보냈겠지만, 오늘은 굳이 출력해서 결재판에 끼워 팀장에게 상납했다. 평소라면 연필을 들고 첨삭부터 했을 고 팀장도 나의 태도가 흡족했던 듯 연필도 들지 않고 수고했어, 한마디만 하고 자리로 돌려보냈다.

자리에 앉자, 맥이 탁 풀렸다. 잠시 인생무상 공수래공수거를 느끼며 허공을 보다가 슬쩍 고개를 들어 선 대리 자리를 확인했다. 아직 안 들어오셨네. 이 와중에도 선 대리부터 생각나는 자신이 왠지 한심했다. 그리고 보니 점심때 커피도 못 마셨다. 메신저에서 경리부 유구환을 검색했다.

- 커피 한잔 고고?

- 우키키.

- 엘베 앞으로!

'오케이'도 아니고 '오키'도 아닌 원숭이 소리를 내는 입사 동기를 만나기 위해 사무실을 나섰다. 구환이 일하는 곳은 같은 층 맞은편 사무실이라 엘리베이터 앞에서 만나면 된다. 복도에 나가 내려가는 버튼을 누르려 하는데 손을 내밀기도 전에 엘리베이터가 먼저 도착하더니 문이 스르르 열렸다.

그곳에 선 대리와 용 팀장이 타고 있었다. 마치 외근에서 돌아오는 것 같은 모습이었다. 전혀 예상치 못한 기습적인 만남에 그만 숨이 멎을 뻔했다. 역시나 용 팀장과 같이 나간 거였구나! 아니었으면 좋겠지만, 마음이 쓰라렸다. 잠깐 정신을 잃었다가 허둥지둥 고개를 숙여 인사를 했다. 용 팀장은 나를 빤히 쳐다보더니 고개를 까딱하고 인사를 받았다. 하여간 예전에는 신사적인 줄 알았는데 요즘 보니 왠지 기분 나쁘다. 용 팀장이 엘리베이터에서 먼저 내리고 뒤따라 내리는 선 대리의 눈이 나와 마주쳤다. 나를 바라보는 그 눈빛과 꼭 다문 입술이 뭔가 말하고 싶은 것을 삼키는 것처럼 보였다.

아니야. 그렇게 보면 안 돼. 이번에도 전부 다 내 착각인 거야. 나는 지금 꿈 때문에 미쳐버린 과대망상증 환자야. 병원부터 가야 해.

그때 스쳐 지나가는 선 대리의 손을 보았다. 선 대리는 서류봉투를 쥐고 있는 왼손에 붕대를 감고 있었다. 붕대에는 피가 배어 있었다. 어젯밤 늑대에게 물린 왼손. 그게 가슴을 철렁하게 했다.

정말 우연일까.


"정신과에 가보려고."

커피를 홀짝이며 동기에게 말했다.

"미친놈, 난 네가 진작 입원했어야 한다고 생각해."

"회사 때문은 아니야."

"그럼 선 대리님 때문이야?"

구환이란 놈은 진지한 고민 상담을 하기에 적절한 상대는 아니었지만 느닷없이 핵심을 찌르는 재주가 있었다. 멍청하게도 잠시 머뭇거리다가 대답했다.

"아니."

"맞구나? 접어. 그거 정신병 아니고 그냥 상사병이야. 짝사랑 상사병."

"아니라니까."

"회사 사람이랑 그러는 거 아냐. 너만 다쳐."

"그러는 너는 회사 사람이랑 뭐 하는 건데?"

미호 과장 얘기였다. 구환은 내가 무슨 말을 하고 싶은 건지 찰떡같이 알아들었다.

"난 썸이고. 넌 짝사랑. 둘은 다른 거야."

기적의 논리였다. 반박할 말이 없었다.

"그리고 그 사람 임자 있다고. 용 팀장."

"그 소문 진짜야?"

구환이 잠시 고민하더니 그냥 웃어 넘겼다.

"난 모르지. 그 두 사람이 뭘 하든 관심 없으니까."

무책임한 너구리 같은 놈. 내가 사색에 잠겨 한동안 말이 없자 구환이 어깨에 팔을 둘렀다.

"뭐, 그래도 그게 어디 사람 맘대로 되나. 고백이라도 해보든가."

"그럴까?"

구환이 승리의 표정으로 씩 웃었다.

"역시 선 대리님 좋아하는 거 맞구나. 해봐. 커피 한잔 사드리면서 자연스럽게."

이미 시도해 봤다. 커피를 사드리는 것 자체가 자연스럽지 않으니까 문제지, 이 친구야.

"명심해. 결말이 무엇이든 상사병은 고백해야 끝나는 거야."

자기 일이 아니라고 막 던지기는. 그래도 구환의 말이 틀린 것 같지는 않았다. 선 대리에 대한 마음도 매일 밤 꾸고 있는 악몽도 현실에서 어떤 식으로든 고백을 해야만 끝날 것 같았다. 다만 이게 단순한 사랑 고백이 아니라는 점이 문제였다. 나에겐 누구에게도 쉽게 말할 수 없는 치명적인 비밀이 있었다. 매일 밤 꿈속에서 당신과 만나고 있다고 어떻게 말할 수 있을까.

아까 선 대리가 왼손에 감고 있던 붕대. 그 피가 밴 붕대가 못내 마음에 걸렸다. 꿈속의 대리님이 꿈속에만 있는 대리님인지 현실의 대리님이기도 한지 궁금했다. 이게 단순히 정신병인지 아니면 정말로 꿈과 현실이 상호작용하는 것인지 어떻게 확인할 방법이 없을까? 이리저리 머리를 굴리다 결론을 내렸다. 역시 가장 안전하게 확인하는 방법은 꿈속에서 물어보는 거다.

퇴근 시간이 가까워지니 벌써 해가 떨어져 주변이 어둑어둑했다. 얼마 전까지만 해도 이 정도로 어둡진 않았는데…. 하루하루 밤이 길어지고 있었다. 오늘은 일찍 들어가서 자야겠다고 생각했다. 꿈을 꾸고 싶은 밤이었다.

*

    숲을 뒤덮은 짙은 안개 사이로 간간이 햇빛이 스며들었지만, 어딘가 어둡고 음산한 분위기가 감도는 것은 어쩔 수 없었다. 옷과 피부에는 서늘한 습기가 찐득하게 달라붙었다. 나는 선 대리를 부축해 안개 자욱한 숲길을 걷고 있었다. 다리를 절룩거리며 걷고 있는 선 대리의 왼손에서는 여전히 붉은 피가 흘러내리고 있었다. 늑대가 언제 나타날지 몰랐지만 이대로 계속 갈 수는 없었다.

    "대리님, 잠깐 멈춰 봐요."

    나는 선 대리를 평평한 바위 위에 앉혔다. 그리고 그녀가 손에 꼭 쥐고 있던 단검으로 내 셔츠를 북북 찢었다. 세로로 길게 찢어진 하얀 셔츠 조각을 곱게 접자 얼추 붕대 같은 모양새가 갖춰졌다. 그걸로 선 대리의 왼손에 흐르는 피를 조심스레 닦아낸 뒤 물었다.

    "아까 그 회복의 가루로 치료할 수 있죠?"

    선 대리가 희미하게 고개를 끄덕였다. 그녀는 오른손으로 내 셔츠 조각을 꼭 쥔 채 왼손을 눌러 지혈하고 있었다. 얼굴엔 핏기 하나 없이 창백했다. 엄살을 피우는 사람이 아닌데 피를 많이 흘려 상태가 꽤 좋지 않은 것 같았다. 나는 손으로 크로스백을 가리켰다.

"제가 꺼내도 될까요?"

이번에도 선 대리가 말없이 고개만 끄덕였다. 나는 조심스레 크로스백을 열었다. 크로스백 안에는 어제 봤던 끈 달린 작은 주머니 하나만 달랑 들어 있었다. 원래 이것밖에 안 들어있었던 걸까. 아니면 내가 인지한 것만 눈에 보이는 걸까. 아마 후자라는 생각이 들었다. 내가 선 대리의 가방 속을 멋대로 상상한 적도 없었고 선 대리가 나에게 무엇이 들어 있는지 알려준 적도 없으니 구체화한 사물이 보일 리가 없었다.

나는 선 대리가 그랬던 것처럼 주머니를 뒤집어 가루를 뿌렸다. 핏자국을 닦고 보니 선 대리의 손목에 늑대의 이빨 자국이 무척 깊이 나 있었다. 자칫 동맥을 관통하기라도 했다면 위험할 수도 있었던 위치였다. 이 작고 고운 손을 그렇게 잔혹하게 물어뜯다니. 화가 나고 속상했다. 차라리 내가 물렸더라면 이렇게까지 속상하진 않았을 텐데.

상처 난 곳이 아플까 봐 조심스럽게 가루를 문질렀다. 선 대리가 나에게 사용했을 때와 마찬가지로 이번에도 가루가 주황빛으로 변하며 상처가 눈에 띄게 아무는 것이 보였다. 기적의 가루였다. 만약 꿈 밖의 현실 세계에도 이 가루를 가져갈 수만 있다면 의학계를 뒤집어 놓을 대사건이 될 것이 분명

했다. 난 떼돈을 벌어 회사를 그만둘 것이고 말이다.

회복의 가루는 마법처럼 놀라운 효과가 있었지만, 한 번으로는 부족했다. 두 번 바르면 어떻게 될까? 나는 다시 선 대리의 손목에 가루를 뿌리고 문지르는 일을 반복했다. 빛이 지나간 자리에는 원래 있던 상처가 옅은 흉터처럼 변했다. 훌륭한데? 마지막으로 한 번 더 반복하기 위해 남은 가루를 모두 털어내려 하자 선 대리가 내 팔을 잡아 제지했다.

"이제 그만해도 괜찮아요. 주임님, 고마워요."

고개를 들어 보니 선 대리의 눈빛에 생기가 돌아왔다. 휴, 다행이다. 고비를 넘겼다는 생각에 안도의 한숨이 절로 나왔다.

"잠깐만 쉬었다 가요."

선 대리가 자신의 옆자리를 손바닥으로 톡톡 치며 나에게 권했다. 우리는 바위 위에 나란히 앉았다. 그제야 비로소 주변 풍경이 눈에 들어오기 시작했다. 사실 풍경이랄 것도 없었다. 숲속은 오직 유령처럼 새하얀 안개로 가득 차 있었다. 불과 십여 미터 앞의 나무마저도 흐릿한 실루엣으로 보일 정도로 농도가 짙은 안개였다. 안개는 늑대의 날카로운 시선으로부터 우리를 가려줄 테지만 반대로 우리도 늑대가 다가오는 것을 눈치채기 어려울 것 같았다. 안개의 계곡에서는 눈보다는 귀를 열어야 했다. 다행히 주변은 새 소리 하나 없이 고요했다.

지금처럼 멀리서 발자국이 다가오는 작은 소리마저도 들을 수 있을 것 같았다.

나는 튕기듯 자리에서 일어났다. 방금 내가 들은 발걸음 소리가 진짜인지 상상인지 확인해야 했다. 꿈속이지만 눈을 감고 온 신경을 곤두세워 오직 소리에만 집중했다. 들렸다. 귀에 미세한 진동이 울렸다. 그건 분명 육중한 몸을 가진 짐승의 발걸음 소리였다. 선 대리도 같은 소리를 들은 것 같았다. 미간을 찌푸리며 불편한 몸을 일으키려는 그녀를 손으로 제지했다. 선 대리에겐 아직 회복할 시간이 더 필요했다.

"대리님, 여기서 그대로 기다리세요. 제가 다른 곳으로 유인하고 돌아올게요."

"하지만,"

나는 선 대리의 입술에 검지를 갖다 댔다.

"이번 한 번만 절 믿어보세요."


멋있는 척 큰소리치고 나왔지만, 막상 몇 발짝 앞밖에 보이지 않는 짙은 안개를 뚫고 나가려니 두려움이 앞섰다. 그래봤자 꿈이다. 자신에게 되뇌며 용기를 냈다. 발밑의 땅은 안개 때문에 습기를 잔뜩 머금어 부드럽고 촉촉했다. 이끼 덮인 흙길을 따라 사뿐사뿐 걸으면 발소리를 죽일 수 있었다.

짐승의 발걸음 소리가 점점 가까워졌다. 녀석은 자신의 소리를 숨길 이유가 전혀 없는 듯 아무런 거리낌 없이 나뭇가지를 밟거나 수풀을 스치며 걷고 있었다. 포식자의 삶이란 당당한 거구나. 젖은 나무껍질과 곰팡내 사이로 짙은 동물 냄새가 안개를 타고 날아왔다. 공기가 이쪽으로 흐르고 있으니, 녀석이 나의 냄새를 맡을 일은 없을 것이다. 커다란 짐승이 내는 거친 호흡 소리가 지척에서 들렸다. 나는 구름처럼 자욱한 안개에서 시선을 떼지 않았다. 저 안개 너머에 녀석이 있다. 절대로 지금 여기서 들켜선 안 된다. 나는 더욱 숨을 죽여 천천히 녀석을 지나쳤다. 다시 소리가 멀어졌다. 안도의 한숨조차 여러 번에 나눠서 짧게 끊어 쉬었다. 어쨌든 지나치는 데 성공했다.

나는 녀석에게서 충분히 떨어진 거리에 도달해서 적당한 나무를 물색했다. 안개 숲의 나무는 모두 꼭대기가 희미해 보일 정도로 곧고 길게 뻗어 있었다. 개중에 성인 남성이 손을 뻗으면 가까스로 닿을 정도의 높이를 가로지르는 나뭇가지 하나를 슬쩍 만져보았다. 나무껍질이 오랜 세월의 흔적을 드러내듯 거칠고 울퉁불퉁했다. 이 정도면 적당할 것 같았다. 나는 셔츠를 벗었다. 아까 선 대리의 피를 지혈할 때 끝자락을 찢어서 사용하긴 했지만, 남은 면적으로도 충분했다. 팔뚝에 차가운 안개가 스몄다. 이제 몸에 걸친 건 반소매 티셔츠뿐이라 안개의 숲에 있기엔 서늘했다. 상관없었다. 꿈에서 감기에 걸리진 않겠지.

나는 벗어놓은 셔츠에 돌멩이를 잔뜩 올린 뒤 보자기처럼 쌌다. 그 돌멩이 뭉치를 아까 봐둔 나뭇가지에 매달았다. 가지가 활처럼 휘어졌지만, 돌의 무게를 충분히 지탱할 정도로 튼튼했다. 휘어지니까 튼튼한 것이다. 휘어지지 않았다면 부러졌을 것이다.

나는 돌멩이 뭉치가 가까스로 보이는 위치까지 다시 돌아갔다. 등 뒤에서 불사조의 활을 꺼냈다. 여기서 저 나뭇가지를 쏘면 돌멩이들이 땅으로 떨어지며 시끄러운 소리를 낼 것이다. 사람이 달리는 것 같은 소리를 내준다면 더 좋다. 이 고요한 숲속에서 그 소리를 못 들을 짐승은 없을 것이고, 늑대는 당연히 이곳으로 달려올 것이다. 선 대리가 있는 곳과 정확히 반대 방향인 이곳으로 말이다. 그 틈에 나는 슬그머니 선 대리가 있는 곳으로 돌아가면 된다.

나는 불사조의 활을 당겼다. 불꽃의 화살이 안갯속에서 몽환적으로 일렁였다. 이게 될까? 아니다. 결코 의심하면 안 된다. 의심하지 않는 것이 이 계획의 핵심이었다. 꿈속은 무의식이 지배하는 세계다. 나의 무의식이 이 계획에 한 조각의 작은 의심이라도 품게 되면 그 의심은 순식간에 무럭무럭 자라나 실재가 되어버릴 것이다. 그러니까 내 계획은 완벽하다. 반드시 성공한다.

쌔애액. 바람을 가른 화살이 나뭇가지를 꺾었다. 매달아 놓은 돌멩이들이 낙엽처럼 우수수 떨어졌다. 돌과 돌이 부딪히며 예상보다 훨씬 요란한 소리가 숲속에 메아리처럼 울려 퍼졌다. 그리고 갑자기 하늘이 어두워졌다. 아무래도 먹구름은 아닌 것 같고…. 코를 찌르는 짐승 냄새에 나는 그대로 몸을 앞으로 굴렸다. 등 뒤에서 달려든 곰의 공격이 헛발질로 끝났다.

혀를 찼다. 나도 모르게 내 무의식 속에 한 줌의 의심이 자리 잡고 있었던 것 같다. 안갯속의 불꽃은 눈에 잘 띄지 않을까? 혹시 이걸 보고 다가온 짐승이 뒤에서 기습하지 않을까? 그런데 곰이라고? 왜 늑대가 아니라 곰이지?

나는 재빨리 거울의 방패를 꺼내 앞을 방어했다. 가까운 거리라 일단 방패로 버텨야 했다. 거울에 반사된 자기 모습을 본 곰은 조금 당황한 것처럼 뒤로 살짝 물러났다. 나는 방패를 들고 대치하면서 곰의 모습을 살폈다. 짙은 갈색 털을 가진 거대한 불곰이었다. 보는 사람을 위압하는 육중한 덩치가 살을 출렁이며 움직이자, 바닥의 부드러운 흙이 깊게 팼다.

드래곤이 이번에는 곰으로 둔갑한 걸까? 아니다. 지금까지 드래곤이 그 어떤 생물로 둔갑하건 말건 그 강렬한 존재감을 숨길 수는 없었다. 저건 절대로 드래곤이 아니었다. 거울을 보고 당황한 모습만 봐도 알 수 있었다. 그렇다면 진짜 드래곤은 어디에 있는 거지? 설마 선 대리를 노리고 있는 건 아니겠지? 생각이 거기에 미치자 어서 선 대리에게 돌아가야 한다는 초조함이 걷잡을 수 없이 밀려왔다. 상대해 주마. 드래곤이 아니라면 나 혼자서도 충분히 상대할 수 있다.

곰이 덩치에 어울리지 않는 맹렬한 속도로 돌진해 왔다. 송곳 같은 발톱을 세운 앞발이 박력 있게 후려치는 것을 거울의 방패로 쳐냈다. 방패가 반사한 발톱 공격이 곰의 가슴께를 깊게 할퀴었다. 피가 튀었다. 곰은 무슨 일이 일어났는지 깨닫지 못한 듯 거칠게 포효하며 계속해서 발톱을 휘둘렀다. 그리고 그때마다 거울에 반사된 공격이 날아가 곰을 상처 입혔다. 그제야 비로소 곰은 자신의 공격이 자신에게 되돌아왔다는 걸 깨달은 모양이었다. 어떠냐? 이게 거울의 방패다!

곰이 분한 것처럼 앞발로 땅을 치더니 사람처럼 두 발로 일어났다. 그러더니 갑자기 근처의 나무를 향해 뒤뚱뒤뚱 걸어갔다. 동물원에서 같은 모습을 봤다면 귀엽다 했겠지만, 이곳은 야생이었다. 인간은 자신이 안전할 때만 귀여움을 느낄 수 있는 존재다. 곰은 나무 기둥을 턱 잡더니 그대로 밀어서 부러뜨렸다. 우지끈 굉음와 함께 거대한 아름드리나무가 나무젓가락처럼 꺾였다. 터무니없는 괴력이었다. 내 척추 같은 건 잡히면 바로 꺾이겠구먼. 등에서 식은땀이 흘렀다. 곰은 부러진 나무 기둥을 빙글빙글 돌리더니 그대로 나에게 찔렀다. 끝부분이 연필처럼 뾰족했다. 거울의 방패로 막았지만 곰이 아니라 나무가 타격을 입을 뿐이었다. 부서지고 갈라지는 나무 기둥을 계속해서 쿡쿡 찔러대자 나도 뒤로 물러날 수밖에 없었다. 그때 발 뒷꿈치가 바닥의 돌멩이를 밟고 미끄러졌다. 이런. 아까 내가 떨어뜨린 돌멩이였다. 곰은 내가 비틀거리는 순간을 놓치지 않고 결정타를 날렸다. 나무 기둥이 빙글빙글 크게 회전하는가 싶더니 거울의 방패와 함께 내 몸을 세차게 후려갈겼다. 나무 기둥은 결국 두 동강이 났지만 내 몸도 하늘을 날았다. 그렇게 4~5미터를 날아간 나는 덤불 속에 처박혔다. 승기를 잡은 곰이 무서운 속도로 쇄도해 들어왔다.

"약해."

몸을 날린 곰이 나에게 닿지 못하고 바닥을 뒹굴었다. 가슴에 불의 화살이 꽂혀 있었다. 화살을 쏠 수 있는 거리를 확보한 나는 곰이 움직이길 기다리지 않고 곧장 두 번째 화살과 세 번째 화살을 곰의 몸통에 박아 넣었다. 무시무시한 괴력을 가진 곰이었지만 확실히 드래곤에 비할 바는 아니었다. 그리고 나는 나름대로 이 세계에서 여섯 드래곤의 숲을 넘어온 드래곤 슬레이어(Dragon Slayer)라고 할 수 있었다. 지금까지 내가 넘어온 사선들은 적어도 고작 덩치 큰 곰 한 마리 당해내지 못할 만큼 허술하진 않았다 이 말이다.

화가 난 곰이 다시 땅을 치고 일어났을 땐 나도 이미 자리에서 일어나 불사조의 활을 당기고 있었다. 와라! 곰이 포효함과 동시에 땅을 박차고 달려들었다. 그 순간 곰 뒤쪽의 안개가 아스라이 흩어지는가 싶더니 갑자기 안개 사이로 나타난 거대한 늑대가 곰을 물었다. 늑대는 우아하고 간단한 입질 한 번으로 곰을 바닥에 패대기쳤다. 과연 드래곤이었다. 존재 자체의 위압감이 달랐다. 바닥에 쓰러진 곰을 앞발로 지그시 눌러 밟은 늑대가 나를 쳐다봤다. 하긴 그 소란을 피웠으니, 늑대가 나타나지 않는 것도 이상했다.

나는 여전히 불사조의 활을 겨누고 있었다. 늑대는 두리번거리며 내 주변을 살피더니 나를 노려봤다. 이곳에 나 혼자 있다는 사실에 실망한 기색이었다. 다행히 선 대리를 발견하진 못한 것 같았다. 그때 곰이 발작하듯 늑대 다리를 물고 늘어졌다. 늑대는 귀찮은 듯 다리를 털며 떼어내려 했지만 그럴수록 곰은 더욱 끈기 있게 덤벼들었다. 곰도 밟으면 꿈틀하는 법이다. 기회였다. 곰이 늑대를 붙잡고 있는 동안 나는 슬그머니 뒤로 물러나 짙은 안개 속으로 숨어들었다.

*

"문 주임, 그거 설치했나?"

아침부터 고 팀장은 잔뜩 흥분해 있었다. 부산하게 돌아다니며 힘들어 죽겠다는 말을 입에 달고 있었지만 누가 봐도 임원 회의에서 PPT를 보고할 생각에 들떠 있는 모습이었다. 요컨대 임원 회의 준비 때문에 힘들어 죽겠는 자기 자신이 너무나 자랑스러워서 주변에 과시하고 싶은 거였다. 그런데 이번 질문은 당최 뭘 설치했느냐고 묻는 건지 알 수가 없었다.

"팀장님, 어떤 설치 말씀인가요?"

"그거. PPT 화면 쏘는 거 있잖아."

"빔프로젝터요?"

"그래. 준비 안 했어?"

어이가 없다는 표정으로 날 쳐다보는 고 팀장의 태도가 더어이가 없었다. 설치하라고 얘기한 적도 없는 걸 내가 미리 챙겨서 설치했어야 하는 건가? 게다가 내가 보고할 것도 아니고 본인이 보고할 건데 빔프로젝터로 할 건지 출력물로 할 건지 어디서 보고할 건지 내가 어떻게 알 수 있단 말인가. 취업 전에 독심술이라도 익혔어야 했나.

"진짜 힘들어 죽겠네. 10시 회의니까 서둘러 준비해 줘."

투덜대는 고 팀장을 보고 혈압이 올랐지만, 임원 회의라는 중요한 자리를 앞두고 다투기에는 준비 시간이 너무 촉박했다. 이번에도 착한 내가 참기로 했다. 빔프로젝터를 빌리려면 총무부에 장비 대여 신청을 하고 결재를 받아야 했다. 그러니까 진작 말했어야지. 아침 댓바람부터 빨리 결재해 달라고 총무부 담당자에게 전화해서 울어야 할 판이었다. 이걸 대체 언제 빌려서 언제 설치해? 마음이 갑갑해지려는 찰나 옆에서 유난히 차분하게 자기 할 일만 하고 있던 미호 과장이 고 팀장을 향해 말했다.

"오늘 회의, 본부장실이 아니라 제1회의실에서 한다면서요?"

"어, 맞아."

"거긴 스크린 있어요."

총무부 담당자가 전화를 받자마자 죄송하다, 잘못 걸었다 하고 끊었다. 다시 한번 어이가 없었다. 지금 회의실에서 하는데 빔프로젝터 설치했느냐고 물어본 거야?

"그래? 그럼 문 주임, 지금 나랑 같이 가서 노트북 연결하는 거 좀 도와줘. 아이 정말 피곤해 죽겠네."

다시 말하지만 정말로 피곤해 죽겠는 건 당신이 아니라 나다. 아무튼 미호 과장이 적시에 지적해 준 덕분에 삽질량이 줄었다. 내가 작은 목소리로 감사하다고 말하자 미호 과장이 쑥스러운 듯 손사래를 치며 자기도 회의 준비를 돕겠다고 같이 일어섰다. 낯설었다. 이건 사람이 완전히 달라진 거 같은데? 뭐지? 너구리 효과인가?


회의 10분 전. 네트워크로 화면 미러링을 시도했지만 계속 연결에 실패했다. 알 수 없는 이유로 실패했다고 화면에 나오니 나도 그 이유를 알 길이 없었다. 대체 누가 저런 속 편한 문장을 오류 메시지 창에 쓰기로 한 거야? 난 벽시계를 흘긋 쳐다봤다.

"유선 연결해야겠는데요?"

"그래. 내가 여기 앉으면 되니까."

고 팀장이 초조하게 지켜보다가 유선 연결이라도 감지덕지라는 표정으로 선이 닿는 자리로 바꿔 앉았다. 다행히 이번에는 알 수 없는 이유로 화면이 제대로 떴다. 하긴 이유를 알 필요가 뭐가 있겠나. 화면만 뜨면 된 거지. 갑자기 고 팀장이 정자세로 기립했다.

"본부장님, 오셨습니까?"

담당 임원이 회의실에 들어서자, 부장과 용 팀장을 포함한 다른 회의 참석자들도 우르르 뒤따라 들어왔다. 나도 얼떨결에 일어나서 인사를 한 다음 다시 노트북으로 돌아가 화면에 PPT를 띄우고 테스트했다. 높은 분들이 일찍 나타나는 건 아랫사람들에게 실례지. 본부장이 물었다.

"지금 뭐 하나?"

"오늘 발표 자료 준비하고 있었습니다."

고 팀장의 대답에 본부장이 의아하다는 듯 다시 물었다.

"무슨 발표?"

"신작 제휴사업 추진안입니다."

고 팀장이 대 임원용 미소를 지으며 자랑스럽게 말했다. 본부장은 미소를 인상으로 받은 뒤 나를 밀쳐내고 노트북 화면을 좌우로 쓱쓱 넘겼다. 나는 이러지도 저러지도 못하고 가만히 서 있는데 갑자기 본부장이 버럭 화를 냈다.

"고 팀장. 이거 너희 부장이 보고서로 줘서 이미 다 본 건데 왜 굳이 PPT까지 만들고 앉았어? 이런 쓸데없는 데 에너지 쓸 시간 있으면 제휴사를 하나라도 더 만나고 다녀."

불똥이 옆으로 튀었다.

"부장이 시켰나?"

"아닙니다. 저는 PPT를 만드는 줄 전혀 몰랐습니다."

부장이 불똥을 거울처럼 반사했다. 부장이 발뺌하는 게 아니라면 나한테 PPT 만들라고 시킨 건 고 팀장의 단독행동이었던 건가? 고 팀장님 오버가 유난이었네.

불똥이 또 옆으로 튀었다.

"혹시 용 팀장도 PPT 만들었나?"

"아니요. 저는 지난번 드린 보고서에서 말씀하신 바이럴 부분을 추가로 보완해서 가져왔습니다."

용 팀장도 능숙하게 반사했다.

"바이럴 업체도 만났어?"

"네, 어제 만나고 왔습니다."

"그래. 일은 이렇게 해야지."

마침내 본부장이 흡족한 표정으로 자리에 앉았다. 어제 선 대리와 나갔다 온 건 업체 미팅이었던 거구나. 알 수 없는 이유로 살짝 안도감이 들었다. 그때 미호 과장이 PPT 출력물을 한 아름 안고 들어왔다. 고 팀장이 출력도 1부씩 해달라고 한 모양이었다. 미호 과장이 본부장 자리부터 출력물을 놓으려고 할 때 나는 봤다. 고 팀장이 사색이 되어 손짓·발짓으로 말리는 걸. 다행히 미호 과장은 센스 있게 동작을 멈추고 출력물을 모두 고 팀장 옆으로 가져왔다. 시계를 봤다. 회의 3분 전. 이제 나는 미호 과장을 따라 회의실 밖으로 조용히 사라지면 될 것 같았다. 그때 용 팀장이 우리 사이를 비집고 착석하다가 미호 과장이 쌓아둔 출력물을 툭 쳐서 바닥에 떨어뜨렸다. 모두의 이목이 쏠린 그 자리에서 출력물을 주우려 몸을 숙인 고 팀장의 팔이 닿기도 전에 용 팀장이 출력물을 밟아버렸다.

"아, 실례."

좌중의 이목이 쏠린 덕분에 본부장이 이걸 또 출력까지 했느냐며 다시 한번 혀를 찼다. 용 팀장이 출력물을 주워 자리에 올려줬지만 이미 고 팀장의 얼굴은 창백하게 질려 있었다. 용 팀장, 정말 무서운 사람이었다. 조금 전 그 행동이 고의가 아니었다면 그건 그것대로 또 무서운 일이고 말이다.

회의실 문을 나서다 음료와 다과를 들고 들어오는 선 대리와 마주쳤다. 왼손에는 여전히 붕대를 감은 채였다.

"도와드릴게요."

내가 쟁반을 받아들여 하자 선 대리가 몸을 뒤로 빼며 단호하게 고개를 좌우로 흔들었다. 그리고 내가 미처 반응하기도 전에 혼자서 회의실로 쏙 들어가 버렸다. 속상했다. 하고많은 사람 중에 하필이면 손을 다친 사람한테 저런 걸 시키다니. 그러고 보니 지난번에도 지지난번에도 매번 음료를 배달하는 역할은 선 대리가 했던 것 같다. 우연이 아니라면 용 팀장이 팀원의 역할에 대해 모종의 왜곡된 고정관념을 가지고 있는 듯했다. 선 대리가 자리에 커피를 놓자, 본부장이 선 대리에게 무언가 농담 같은 것을 하며 그녀의 등을 툭툭 쳤다. 오늘 처음으로 허허 웃는 표정이었다. 무슨 말을 하는지 여기서 들리진 않았지만, 밖에서 보기에 심히 불쾌한 풍경이었다. 어쩌면 내가 상상한 것과 저기서 벌어지는 진실이 다를 수도 있겠지만 어쨌든 나는 선 대리의 왼손에 감긴 붕대를 보며 괜스레 부아가 치밀어 올랐다. 저건 부당했다. 알 수 없는 이유로 부당하고 속상했다. 그 광경을 함께 지켜보던 미호 과장이 씁쓸하게 말했다.

"뭐 해? 가자."

다음 순간 내가 한 행동은 순전히 충동적이었다. 나는 미호 과장이 만류할 틈도 주지 않고 다시 회의실 문을 휘리릭 열었다. 그리고 그대로 선 대리를 향해 걸어가서는 마침 그녀의 등을 두드리려는 본부장의 나쁜 손 앞으로 파고들었다. 덕분에 본부장의 손은 선 대리의 등 대신 내 엉덩이를 쳤다. 뭐, 불쾌하진 않았다.

"아까 보니까 대리님이 손을 다친 것 같아 도와드리러 왔습니다."

최대한 태연하게 말하고는 쟁반을 받아 나머지 자리에도 차례로 커피를 놓았다. 본부장이 커피 잔을 들며 떨떠름하게 말했다.

"그래. 잘했네."

그렇게 모든 자리에 커피를 놓고는 정중히 인사하고 선 대리와 회의실을 나섰다. 고개를 드는데 용 팀장이 나를 뚫어져라 쳐다보고 있었다. 조금 무리한 행동이긴 했지. 회의실 문이 닫히자 비로소 한숨이 나왔다. 내가 긴장했었구나. 선 대리를 돌아보니 그녀도 내 눈을 바라보고 있었다. 그 눈빛이 어딘가 반짝이는 것처럼 느껴졌다.

"고마워요, 주임님."

그 말 하나만으로도 오늘의 용기에 대한 보상은 충분했다. 미호 과장도 새삼스러운 표정으로 날 보며 말했다.

"잘했어."

고 팀장은 오후 내내 끙끙 앓았다. 팀원들 앞에서 그 모욕을 당했으니 그럴 만도 했다. 하지만 평소 절대적 충성을 바치던 본부장한테 당한 거라 어디 가서 말도 못 하고 속으로만 삭이고 있을 것이었다. 쥐 죽은 듯 조용한 사무실에는 타자 소리만 요란했다. 다들 메신저로 고 팀장의 굴욕에 대해 떠들고 있었다. 팀장의 불행은 나른한 오후를 이겨내기에 좋은 가십거리였다. 임원 회의에서 고 팀장은 PPT를 열어보지도 못하고 말하는 족족 깨지기만 했다더라. 반대로 용 팀장에 대해서는 본부장의 칭찬과 격려가 자자했다더라 하는 소문이 돌았다. 난 고 팀장을 좋아하진 않았지만 그렇다고 타인의 불행에 행복을 느끼는 변태가 되고 싶지도 않았기에 메신저에서 오가는 대화에 그다지 흥미가 생기지 않았다. 그때 고 팀장이 불렀다.

"문 주임!"

아 또 왜? 내가 동네북이야? 왜 맨날 나만 불러?

"오늘 회식 좌석 배치도 말인데…."

나는 이미 출력해 놓은 좌석 배치도를 가지고 고 팀장 자리에 갔다. 어제 아침에 부장에게 보여줄 거라더니 임원 회의에 정신이 팔려 지금까지 묵혀두고 있었던 모양이다. 난 그것 때문에 야근까지 했었는데 말이지. 고 팀장은 날 옆에 앉혀 놓고 이상한 논리를 들며 사람들의 자리를 바꾸기 시작했다. 얘는 여기 앉히라 쟤는 저기 앉히라 멋대로 지정하는 행태에 화는 났지만, 사실 변경 이유 같은 건 큰 관심이 없었기 때문에 고치라는 대로 출력물 위에 메모했다. 고 팀장은 바로 수정해서 다시 출력해 달라고 했다. 내가 자리에 돌아와 파일을 고친 뒤 후다닥 출력을 걸자 고 팀장은 소리만 듣고는 프린터 앞으로 가서 출력물을 받아 들더니 결재판에 끼워 곧바로 부장에게 보고하러 갔다. 급하셨나 보네. 아마 용 팀장이 자기보다 돋보이자 참을 수 없었던 것 같다. 이런 걸로 만회해 보려 애쓰는 모습이 어쩐지 안타까웠다. 아까 본부장이 한 말을 다시 한번 들려주고 싶었다. 이런 쓸데없는 데 에너지 쓸 시간에 일을 하나라도 더 하면 좋을 텐데.

불판에 고기가 올라갔다. 고깃집 회식은 인성의 밑바닥을 볼 수 있는 자리다. 테이블당 한 명, 누군가는 반드시 고기를 구워야 하기 때문이다. 서로 굽기 싫어서 눈치 게임을 하는 테이블이 있는가 하면, 남이 구워주는 게 불편해서 틈만 나면 자기가 굽겠다고 집게를 가로채는 훈훈한 테이블도 있는 법이다. 그리고 아주 가끔은 자신만의 고기 뒤집기 철학을 지켜내기 위해 집게를 드는 독특한 미식가들도 있었다. 고 팀장이 그런 사람이었다. 그는 불판 가운데의 센 불로 겉면을 먼저 익혀 육즙을 가둬놓은 뒤 불판 바깥으로 옮겨 중불로 마무리해야 한다는 철칙을 신성한 종교의 교리처럼 받드는 부류였다.

그 고 팀장이 오늘은 굳이 부장 옆에 앉아 유난스럽게 화려한 손놀림으로 고기를 구워다 바치고 있었다. 맞은편에 앉은 신입사원은 젓가락을 들고 안절부절못하며 곤란해하는 표정이 역력했다. 걱정 말거라. 전혀 곤란해할 필요가 없단다. 고 팀장은 일부러 저 자리에 앉아 부장에게 고기를 구워주고 있는 거고, 그건 꼭 고기에 대한 굳건한 철학 때문만은 아니란다.

좌석 배치도를 마지막으로 손본 사람이 바로 고 팀장이었다. 아까 늦은 오후에 내가 메신저로 좌석 배치도를 보내자 다들 마음에 안 든다며 툴툴거렸다. 그럴 수밖에. 애초에 앉을 자리를 정해주는 것 자체가 틀려먹은 발상이었다. 그걸 보낸 나조차도 자리에 불만이 많았다. 특히 선 대리 옆자리에 용 팀장이 앉아 있다는 게 나의 가장 큰 불만이었다.

얼추 잔이 한 번씩 비고 나자, 고 팀장이 나에게 사인을 했다. 술자리 사회를 시작하라는 뜻이었다. 나는 젓가락 박수로 좌중을 주목시킨 후 회심의 한마디를 던졌다.

"여러분, 지금 앉은 자리에 만족하시나요?"

순간 술자리에 긴장감이 돌았다. 다들 나를 쳐다보며 무슨 의도인지 가늠하려 애쓰고 있었다.

"그래서 준비했습니다. 오늘의 술자리 첫 순서는 바로 자리 바꾸기 게임입니다!"

와아아! 소란이 일었다. 각자 서로 다른 말을 떠들어 대서 누가 뭐라는지 하나도 안 들렸지만, 분위기는 그리 나쁘지 않았다. 나는 좌중의 반응에 자신감을 얻어 준비한 제비뽑기를 꺼냈다. 가장 먼저 부장이 앉아 있는 테이블로 갔다. 고 팀장은 심혈을 기울인 좌석 배치도가 시작부터 무력화되자 나에게 한마디 하려고 일어났다. 그때 갑자기 부장이 제비를 뽑더니 입구 쪽 끝자리라며 박장대소했다.

"부장이라고 맨날 가운데 앉혀놔서 중간에 나가기도 힘들고. 주변에 직원들은 슬슬 피하기만 하고. 당신들만 자리에 불만이 있는 거 같지? 나도 있어, 이 사람들아."

부장이 껄껄 웃으며 열렬히 호응하는 바람에 고 팀장은 뭐라 말도 못 하고 찌그러졌다. 봤나? 이게 내 거울의 방패다. 다음부턴 좌석 배치도 따위 만들라고 시키지 말라고.


"오늘 멋있었어요."

결제하려고 법인카드를 들고 계산대 앞에 서 있으려니 다들 사회 보느라 수고했다고 한 마디씩 던지며 지나갔다. 그 와중에 문득 낯설고 상냥한 멘트가 귀에 꽂혔다. 선 대리였다. 술을 제법 마신 듯 발그레한 볼로 미소 짓는 그 표정에 새삼

심장이 요동쳤다. 오늘 제비뽑기 최고의 쾌거는 선 대리를 용 팀장과 멀리 떨어뜨려 놨다는 거다, 라고 생각했다가 고개를 흔들었다. 유치한 생각이군. 유치하고 옹졸한 생각이야. 자책하던 내가 뭐라 반응하기도 전에 선 대리는 식당 밖으로 나가 사람들과 섞여 들었다.

예전엔 회식 때 2차, 3차를 가서 새벽까지 부어라 마셔라 하는 문화가 있었다는데 내가 입사한 이후로 그런 일은 없었다. 세상이 많이 좋아졌다는 사람도 있었고 아쉽다는 사람도 있었다. 나는 어느 쪽인가 하면 반반이었다. 어려운 사람들과 마실 땐 깔끔하게 끝나서 좋았고 좋아하는 사람들과 마실 땐 짧아서 아쉬웠다. 물론 이런 단체 회식은 빨리 끝내주는 게 예의였다.

"내일 뵙겠습니다!"

내가 계산하고 나오자 다들 기다렸다는 듯이 인사를 나누고 해산했다. 우리 팀에선 나만 방향이 달랐다. 혼자서 터덜터덜 버스를 타러 가던 중 익숙한 뒷모습이 보였다. 선 대리였다. 다시 심장이 다그닥 다그닥 경주마처럼 요동치기 시작했다. 술이 확 깨는 느낌이었다. 이건 어쩌면 다시없는 기회일 지도 몰랐다. 목소리와 자세를 가다듬고 발걸음 속도를 높였다. 거울도 없지만 머리를 매만졌다. 같은 고깃집에서 나왔지만, 옷에서 폴폴 풍기는 고기 냄새가 신경 쓰였다.

"대…리니임….."

기어코 용기를 낸 나의 목소리는 제대로 끝까지 발음해 보지도 못하고 조그맣게 잦아들었다. 어디선가 갑자기 튀어나온 용 팀장이 선 대리 어깨에 팔을 두른 것이다. 선 대리가 불편한 듯 팔을 치웠지만 용 팀장은 다시 몸을 붙이며 어깨에 팔을 올렸다. 두 사람 정말 사귀는 건가?

나는 다시 유치하고 옹졸해졌다. 괜히 서러웠다. 그 뒷모습을 계속 지켜보다가는 그만 울컥 눈물이 날 것 같아서 발걸음을 돌렸다. 집에 가는 길과 반대 방향이었지만 어쩔 수 없었다. 두 사람을 뒤따라가고 싶지 않았다. 하. 어디 가서 혼자 술이라도 한잔 더 들이붓고 가야 하나. 시린 밤이었다.

*

아까 표시해 둔 나무가 나타났다. 자욱한 안개를 뚫고 선 대리에게 돌아가며 검지에 대해 생각했다. 떠나기 전 선 대리의 입술에 살포시 닿았던 나의 검지. 그 솜사탕 같은 촉감의 기억이 손가락에 생생히 새겨져 있었다. 물론 처음부터 입술에 갖다 대려는 의도는 아니었다. 더 이상 말하지 말라는 의미의 제스처로 손가락을 내민다는 것이 그만 실수로 입술에까지 닿아버린 것이다.

선 대리는 아까 그 자리에 그대로 있을까? 별일 없어야 할 텐데. 현실에서 하루가 지나는 바람에 시간 감각이 영 엉망이었다. 드디어 나무껍질에 돌 조각으로 그려둔 X자 표식이 나타났다. 첫 번째 나무였다. 처음에는 X자로 표시했다가 그 방식으로는 안개의 숲에서 길을 잃고 미아가 되기 딱 좋다는 걸 깨닫고 화살표로 이동 방향을 표시했다. 그러니까 이 나무 너머에 선 대리와 헤어진 장소가 있었다.

떨리는 마음으로 한 걸음 내딛는 순간 하늘에서 가느다란 빛줄기가 안개의 커튼 사이로 새어 들어오며 잿빛의 숲에 신비로운 색감을 불어넣었다. 나무와 버섯, 이끼와 풀이 자신의 빛깔을 완전히 드러내며 음침하게만 느껴지던 안개의 계곡에 조금은 생기가 돌았다. 그리고 그 빛줄기의 중심에 선 대리가 떠날 때와 같은 모습으로 청초하게 앉아 있었다. 그녀가 나를 돌아보며 안도의 한숨을 내쉬었다.

"무사히 돌아와서 다행이에요."

오히려 내가 할 말이었다. 무사히 있어 줘서 다행이었다. 선 대리의 얼굴에도 아까보다 생기가 돌았다. 기다리는 동안 어느 정도 몸 상태를 회복할 수 있었던 모양이다. 혹시 그래서 이 숲도 빛깔을 되찾고 있는 걸까?

나는 다시 그녀의 옆에 앉았다.

"몸은 괜찮으세요?"

"그럼요. 팔팔합니다."

선 대리가 웃으며 주먹을 쥐어 보였다. 그 말을 있는 그대로 믿을 순 없었지만 그래도 내가 떠날 때보다 좋아진 것만은 틀림없어 보였다. 그녀는 기다렸다는 듯이 바닥에 숲의 지도를 그렸다. 빛줄기가 선 대리의 머리칼에 부딪혀 눈부시게 산란했다.

"여기서 물소리를 계속 따라가면 '태초의 바위'를 만날 수 있을 거예요."

그러자 새 소리 하나 없이 고요하던 공간에 졸졸 물소리가 들리기 시작했다. 선 대리가 다시 한번 언어로 목적지를 구체화한 것이다. 그녀가 잠깐 내 얼굴을 쳐다보더니 솜사탕 같은 입술로 말했다.

"바로 출발해도 될까요?"

아니. 그 전에 묻고 싶은 것이 있었다. 나는 바닥의 지도를 보며 그동안 궁금했던 것을 물었다.

"대리님, 그런데 왜 무기를 찾으러 그렇게 멀리까지 가야 하는 거예요? 바로 여기에 칼이 있으라 하시면 안 되는 거예요?"

분명 질문을 했는데 대답이 없었다. 난 바로 옆에서 말했는데? 도저히 듣지 못할 수가 없는데? 의아한 마음에 옆을 돌아봤더니 선 대리는 무척이나 충격받은 표정으로 나를 쳐다보고 있었다.

"주임님, 알고 있었어요? 제가 이 세계를 만들고 있다는걸."

나는 피식 웃어버렸다. 내가 안다는 걸 몰랐던 거구나.

"그럼요. 알 수 있어요. 조금 전에도 없던 물소리가 생겨났잖아요."

"전 지금까지 주임님은 모르는 줄 알고…."

민망해하는 선 대리의 표정이 어쩐지 귀엽게 느껴졌다. 잠시 후 선 대리는 작정한 듯 설명했다.

"꿈속에서 공간이나 도구를 만드는 건 그 주변의 무의식적 세계를 의식적 세계로 재구축하는 과정이에요. 그러니까 쉽게 말하자면 일종의 리모델링 건설 현장 같은 거죠. 가까운 곳에 만들다가 우리까지 휘말리면 위험해질 수 있어요. 자칫 잘못하면 우리 존재 자체가 함께 지워져 버릴 가능성도 있죠. 그래서 불편하더라도 충분히 떨어진 거리에 만드는 거예요."

설명을 듣자 갑자기 폭포 아래에서의 일이 떠올라 소름이 돋았다.

"아까 거울의 방패는 제가 바로 눈앞에서 만들었는데…. 혹시 위험했던 건가요?"

선 대리가 미소 지었다.

"주임님, 그 방패는 제가 이미 잃어버린 동굴에서부터 준비해 둔 거예요. 주임님은 단지 그걸 '발견'하신 거고요."

나는 발견과 재구축의 차이에 대해 잠깐 생각하다가 물었다.

"혹시 이 기술을 이용해서 드래곤을 없앨 수는 없나요?"

선 대리는 고개를 저었다.

"그건 불가능해요. 이 꿈은 드래곤 때문에 생겨난 꿈이니까요. 애초에 드래곤이 없었다면 이런 꿈을 꾸지도 않았을 거예요. 드래곤이 원인이고 꿈이 결과예요. 결과로 원인을 지울 수는 없는 법이에요. 원인을 지워야 결과가 지워지는 거죠."

무슨 말인지 알 것도 모를 것도 같았다. 하지만 적어도 내가 분명히 이해한 부분이 있었다.

"그러니까 결국 드래곤 없는 드래곤 꿈을 꿀 수는 없고, 꿈속에서 드래곤을 무찔러야 드래곤 꿈에서 벗어날 수 있다는 거죠?"

"네, 맞아요."

"그리고 이번 드래곤을 무찌르면 더 이상 이 꿈을 꾸지 않아도 되는 거고요."

"네, 이번이 마지막 숲이에요."

선 대리가 단언했다. 그렇다면 틀림없이 이번이 마지막 꿈일 것이다. 선 대리는 지금까지 단 한 번도 틀린 말을 허투루 내뱉은 적이 없었으니까. 그러고 보니 앞선 여섯 개의 숲에서도 드래곤을 물리치고 나면 한동안 꿈을 꾸지 않았었다. 그렇다면 마지막 드래곤을 물리치기 전에 반드시 선 대리에게 물어야만 할 것이 있었다.

"대리님, 실은 아까 회사에서도 왼손을 다치신 걸 봤어요. 엘리베이터에서요. 지금까지 이건 제 꿈인 줄로만 알았는데 그때 혹시 아닐 수도 있겠다는 생각이 들더라고요."

그리고 나는 침을 한번 꼴깍 삼킨 뒤 물었다.

"이건 '대리님의 꿈'이기도 한가요?"

그 말에 선 대리는 조금 복잡한 표정을 지었다. 꿈속의 사람이 이토록 복잡한 표정을 짓는다는 건 아마 내 질문이 올바른 질문이었다는 뜻일 것이다.

선 대리는 약간 망설이다 대답했다.

"그래요. 주임님. 이건 제 꿈이기도 해요."

"그럼, 지금 '꿈속에서 저와 대화하는 대리님'을 내일 사무실에서도 만날 수 있는 건가요?"

"네. 아마…, 그렇지 않을까요?"

"대리님."

"네?"

내가 말을 꺼내기 전에 잠깐 뜸을 들이자, 선 대리는 사뭇 긴장한 표정이었다. 대체 무슨 말을 하려고 저러나 싶은 것 같았다. 하지만 나도 떨린다고!

"내일 커피 사 가도 돼요?"

선 대리는 갑자기 긴장이 풀렸는지 고개를 돌려 쿡쿡대며 웃었다.

"네, 좋아요."

하지만 아직 이 얘기의 더 중요한 부분이 남았다.

"그런데 제가 내일 커피를 사 갔을 때 사무실의 대리님이 오늘 제 꿈에 나온 대리님이란 걸 어떻게 확신할 수 있을까요? 사실 어제도 커피를 사 갔다가 이상하게 생각하실까 봐 못 드리고 왔거든요."

"어, 정말요? 저는 커피 사 오신 줄도 몰랐는데…."

"내일 아침, 제가 한눈에 대리님을 알아볼 수 있는 힌트 같은 걸 주시면 어떨까요? 예를 들면 옷 색깔이라던가."

그러자 선 대리는 잠깐 곰곰이 생각하더니 대답했다.

"그럼, 내일 아침에는 주황색 스카프를 매고 출근할게요."

해냈다! 됐어! 이것으로 내일이면 드디어 이 꿈의 진실을 확인할 수 있겠다. 내가 겉으로는 태연한 척 자제하면서 기쁨의 내적 댄스를 추고 있다는 걸 선 대리는 눈치챘을까? 이런 내 맘을 아는지 모르는지 그녀가 자리를 털고 일어났다.

"이제 출발해요. 이 꿈은 일종의 술래잡기 같은 거예요. 제가 새로운 공간을 구축하면 드래곤은 잠깐 우리를 찾지 못하고 헤매게 돼요. 그러다 드래곤이 우리를 찾으면 또 새로운 공간을 구축해서 도망가야 하고요. 드래곤이 찾기 전까지 태초의 바위에 도달하려면 서둘러야 해요."

잠깐. 나에게는 아직도 중요한 질문이 하나 남았다고요. 그러니까 선 대리님께 남자 친구가 있는지, 그 용 팀장이 정말 소문의 남자 친구인지 물어봐야 했다.

"저기, 대리님."

우지끈. 나뭇가지가 부서지는 소리에 우리는 동시에 그쪽을 쳐다봤다. 자욱한 안개 속에서도 숨겨지지 않는 거대한 그림자가 우리에게 다가오고 있었다. 눈치 없는 늑대 녀석. 왜 하필 이 타이밍에 나타나는 것이냐.

이윽고 나무 사이로 거대한 늑대가 모습을 드러냈다. 우리를 발견한 늑대의 안광이 번쩍 빛나더니 곧바로 이쪽으로 뛰어들었다. 나는 거울의 방패를 꺼내 녀석의 공격을 막았다. 공격하던 힘만큼 그대로 반사. 녀석은 방패에 부딪혀 멀리 튕겨나갔다. 넘어졌다가 일어선 늑대가 나를 노려보며 혀로 입술을 핥았다. 저 표정 어디서 많이 봤는데….

갑자기 늑대가 바닥의 흙을 앞발로 차올렸다. 내가 당황해서 방패로 흙을 막을 때 늑대는 재빨리 옆으로 돌아 나에게 몸을 부딪쳤다. 몸이 허공에 붕 떠올랐다가 추락하는 게 느껴졌다. 젠장. 그래도 늑대가 곰보다는 똑똑하군.

"주임님!"

선 대리의 외침을 들으며 바닥에 내동댕이쳐졌다. 대체 어떻게 떨어졌는지 등과 배와 옆구리가 모두 아팠다. 이 정도 충격에도 깨지 않는 꿈이라니.

나는 늑대가 잔인한 송곳니를 드러내며 다음 공격을 준비하는 것을 보았다. 어서 막아야 해! 엉덩이를 꿈틀거리며 몸을 일으켜 다시 방패를 집어 들었다.

그때 늑대가 비명 소리와 함께 고통스럽게 허리를 뒤틀더니 고개를 뒤로 돌렸다. 선 대리가 단검을 늑대의 뒷다리에 꽂아 넣은 것이다. 아니, 저 큰 녀석과 단검으로 싸우는 건 말이 안 된다고요!

하지만 내 예상과 달리 선 대리는 그대로 뒤돌아 숲속으로 달렸다. 늑대는 사냥 본능에 따라 곧바로 선 대리를 쫓았다. 그러니까 선 대리는 늑대를 유인하고 있는 것이었다. 나는 비명을 질렀다.

"안 돼요! 대리님!"

순식간에 선 대리와 늑대가 모두 시야에서 사라졌다. 나는 안개 속에서 그녀를 잃어버렸다.


아무리 달려도 눈에 보이는 것은 비슷비슷한 나무와 안개뿐이었다. 희뿌연 안개가 피부에 부딪히며 서늘하게 부서졌다. 곧바로 쫓아간다고 쫓아갔지만, 늑대와 선 대리가 어디로 갔는지 도저히 찾을 수 없었다. 나무와 안개, 안개와 나무. 반복되는 풍경에 방향감각마저도 상실한 느낌이었다. 길을 잃은 것이 분명했다.

결국 나는 달리기를 멈췄다. 거칠게 몰아쉬는 숨결 사이로 안개의 수분이 질척이듯 들어와 호흡을 방해했다. 콜록콜록 한참 동안 기침을 내뱉고 나서야 멈출 수 있었다. 막막했다. 대체 어디로 가야 하는 거지?

놀이공원에 홀로 남겨진 미아처럼 울음이 터져 나오려 할 때 고요해진 공간의 어디선가 물소리가 들렸다. 이런, 대리님. 이미 힌트를 주셨는데 제가 너무 늦게 눈치를 챘네요.

나는 주의 깊게 귀를 기울여 물소리가 나는 방향으로 걸음을 옮겼다. 얼마 가지 않아 계곡을 만날 수 있었다. 바위 사이로 흐르는 물에서 아스라이 안개가 피어오르는 그 모습이 말 그대로 '안개의 계곡'이었다.

흐르는 물에 가만히 손을 담가보았다. 시리도록 차가웠다. 어푸어푸 세수를 해 보았다. 얼어 죽을 것 같았다. 머리를 통째로 담갔다. 피부가 찢어질 것 같은 고통에 비명 소리가 절로 나왔다.

그래. 이거다. 나는 납작한 바위를 디딤돌 삼아 눈에 보이는 가장 높은 절벽으로 기어 올라갔다. 절벽 위에 서서 아래를 내려다보니 맑은 계곡물이 모여 깊고 푸르른 웅덩이를 이루고 있었다. 별로 높이 올라오지도 않은 것 같은데 막상 위에서 내려다보니 아찔했다. 얼음처럼 투명한 수면에서는 시린 안개가 드라이아이스처럼 피어오르고 있었다. 보기만 해도 온몸이 오들오들 떨리는 풍경을 앞에 두고 난 다시 10초 정도 고민했다. 과연 올바른 결정인가.

하지만 아무리 생각해도 답은 하나였다. 지금 어디에 있는지도 모르는 선 대리를 찾느라 시간을 낭비하는 것보다 일단 꿈에서 깨어나 현실의 선 대리와 작전 회의를 하는 게 훨씬 효율적이고 현명한 방법이었다. 물론 선 대리가 내일 아침 회사에 주황색 스카프를 매고 온다는 전제하에 말이다. 잠을 깨기 위해 필요한 건 오직 나의 용기뿐이었다. 평소 냉탕에도 잘 안 들어가는 나인데.... 결국 눈을 질끈 감고 결심했다. 뛰자. 셋, 둘, 하나.

"대리님!"

이유를 알 수 없는 고함을 지르며 허공으로 몸을 던졌다. 잠시 후 수면에 부딪히는 따끔한 충격이 온몸을 강타하는가 싶더니 이내 심장까지 얼어붙어 버릴 것 같은 극한의 고통이 찾아왔다. 중력의 힘으로 물속에 몸이 끝까지 잠긴 다음 다시 부력의 힘으로 몸이 떠올랐고, 대충 이쯤 되면 그만 꿈에서 깨어나야 하는데....

"푸아악!"

수면 위로 얼굴이 나온 순간 참았던 숨을 내뱉었다. 극한의 고통보다 더 충격적이었던 건 꿈에서 깨지 않았다는 사실이었다. 나는 괴성에 가까운 비명을 내지르며 버둥버둥 물 밖으로 뛰쳐나왔다.

"불사조, 불사조."

덜덜 떨리는 입술로 불사조의 활을 당겼다. 물속에서도 꺼지지 않는 불사조의 불꽃이 활활 타오르자 조금은 살 것 같았다. 나는 가까스로 정신을 차리고 주변의 나뭇가지를 모아 불을 붙였다. 불의 온기로 몸을 녹이며 무엇이 잘못된 건지 곱씹었다.

결론은 하나였다. 아무래도 나는 이 꿈에서 스스로 깰 권한이 없는 것 같았다.

그렇다면 이건 나의 꿈인가, 선 대리의 꿈인가. 아무튼 그게 중요한 건 아니었다. 강제로 잠에서 깨어나 현실의 선 대리와 작전 회의를 하려던 계획은 명백히 실패였다. 다시 선 대리를 찾아 나서는 수밖에 없었다.

몸이 어느 정도 데워지자마자 나는 계곡물이 흐르는 길을 따라 다시 속도를 내서 달리기 시작했다. 선 대리는 안개의 계곡이 끝나는 곳에 태초의 바위가 있다고 했다. 이리저리 굽이치는 계곡을 따라 뛰던 나는 얼마 못 가 다시 멈춰서야 했다. 무언가 주변을 한바탕 어지럽힌 흔적이 눈에 들어왔다. 바위 위에 찍힌 진흙더미, 바닥이 거칠게 파헤쳐진 흔적, 뿌리까지 뽑혀 쓰러진 나무 기둥, 그리고 성인 발바닥 크기의 서너 배 정도는 되어 보이는 늑대의 발자국.

나는 갑자기 셜록 홈스라도 된 것처럼 주변의 바닥을 샅샅이 살피기 시작했다. 얼마 안 가 어지럽게 흩어져 있는 발자국 사이로 선 대리의 자그마한 발자국도 찾을 수 있었다. 가슴을 쓸어내렸다. 일단 선 대리는 무사한 것 같았다.

아직 발자국에 습기가 마르지 않은 것으로 보아 그리 멀지 않은 곳에 있을 것 같았다. 이 발자국으로 확실해졌다. 적어도 내가 올바른 방향으로 가고 있는 건 틀림없었다. 올바른 시간에 도착하느냐가 문제일 뿐. 나는 조금 더 서둘러 계곡을 달리기 시작했다.

따닥. 그때 계곡의 물소리가 아닌 이질적인 소리가 들렸다. 잠시 멈춰 숨을 죽이고 귀를 기울였다. 그건 늑대가 이동하며 나뭇가지를 부러뜨리는 것 같은 소리였다. 임박했구나. 안개로 한 치 앞도 볼 수 없었지만 거리와 방향을 가늠하며 소리를 죽여 달렸다. 손에는 불사조의 활을 꺼내 쥐었다.

나무들이 빽빽하게 모였다가 흩어지는가 싶더니 갑자기 눈앞에 넓은 공터가 펼쳐졌다. 그 공터의 한가운데에는 그림처럼 거대한 바위가 있었다. 그리고 그 바위에는 마치 전설 속의 엑스칼리버처럼 기다란 칼 하나가 비스듬히 꽂혀 있었다. 누가 봐도 이것이 선 대리가 말한 '태초의 바위'였다.

그런데 왜 내가 태초의 바위에 먼저 도달했지? 대리님이 먼저 도착했어야 하는 거 아닌가, 의문을 품은 그 순간 앞쪽의 나무가 굉음과 함께 요란하게 부서지며 늑대가 공터로 뛰어들었다. 나와 정면으로 눈이 마주친 늑대는 고개를 갸웃거리며 나를 뚫어져라 노려보았다. 어디서 많이 본 것 같은 익숙한 저 눈빛. 그 입가에는 붉은 피가 묻어 은빛 털을 물들이고 있었다. 늑대의 피는 아니었다. 설마 선 대리의 피인가.

덜덜 떨리는 손으로 불사조의 활을 당겼다. 불꽃이 일렁이자마자 늑대를 향해 발사했다. 대리님을 어떻게 한 거냐, 이 괴물 같은 자식아!

잔심(殘心). 남아 있는 마음. 궁도에서 화살을 쏘고 나서 결과를 기다리기까지의 짧은 찰나, 자세와 마음을 한결같이 유지하는 것을 의미한다. 이미 화살은 시위를 떠났고 오직 결과를 받아들이기 위한 마음가짐만이 남은 시간이다. 나는 너무 흥분하여 서두른 나머지 그만 화살이 빗나가고 말았다는 것을 받아들였다. 결과를 기다릴 것도 없이 한 발을 더 겨냥했다.

시위를 놓았다. 늑대가 사납게 달려들자 두 번째 불의 화살이 시위를 떠났고 나는 결과를 이미 알고 있었다. 잔심. 다만 그 결과를 기다릴 뿐.

무서운 속도로 다가오던 늑대의 커다란 입이 내 얼굴 바로 앞에서 멈췄다. 늑대의 몸통에 꽂힌 불의 화살이 타오르며 녀석의 상처를 후벼 파고 있었다. 나는 그대로 늑대의 이마에 세 번째 화살을 겨눴다.

하지만 이번에는 늑대가 한발 빨랐다. 늑대는 번개같이 앞발을 휘둘렀다. 급히 뒤로 물러서 피했는데도 칼날처럼 예리한 발톱이 가슴팍을 스치며 살점이 뜯겨 나갔다. 근접전에는 활이 절대적으로 불리했다. 거리를 벌려야 했다. 늑대는 그 거대한 입으로 나를 물어뜯으려 했고 나는 반복해서 몸을 옆으로 굴려 피했다.

한 입, 두 입, 세 입까지 가까스로 피했는데 등 뒤에 딱딱한 무언가가 부딪혔다. 칼이 꽂혀 있던 바위였다. 더 이상 물러설 곳이 없었다. 별수 없이 거울의 방패를 치켜들고 이를 악물었다.

늑대가 눈앞에서 입을 벌렸다. 결코 유쾌하다고 할 수 없는 그 장면을 보면서 의외로 치열이 참 고르구나, 그런데 혀 끝에서 끈적한 침이 흐르는 건 좀 더럽구나, 따위의 생각을 하던 그때 늑대의 혓바닥에 단검이 날아들어 꽂혔다. 늑대는 울부짖으며 앞발로 혀에 박힌 단검을 빼내려 했다. 나는 물론 그 단검의 주인을 알고 있었다.

"대리님!"

반가움을 감추지 못하고 소리를 지르며 돌아보자 선 대리가 날렵하게 바위 위로 뛰어올랐다. 선 대리는 온몸이 상처와 피투성이였다. 역시 쉽지 않았구나. 하지만 선 대리가 살아있음을 확인하자 마음속 깊은 곳에서부터 불끈 용기가 생겼다. 나는 방패를 들어 늑대 앞을 막아섰다. 이제 내가 지켜야 한다. 선 대리가 태초의 바위에서 칼을 뽑는 동안 반드시 엄호해야 한다.

늑대는 혀를 다친 후 한층 포악해졌다. 늑대가 선 대리에게 덤벼들려는 것을 방패로 쳐냈다. 늑대는 방패를 피해 좌우로 머리를 들이밀다가 갑자기 허리를 꼿꼿이 세웠다. 갑자기 녀석의 머리가 웬만한 2층 건물 높이만큼 높아졌다. 어쩌려는 셈이지? 내가 활을 당겨야 하나 망설이던 그때 늑대는 입을 크게 쩍 벌리더니 그대로 머리를 위에서 아래로 내리꽂았다. 나는 방패를 든 채로 통째로 늑대의 입에 삼켜졌다. 늑대는 공격을 반사하는 거울의 방패를 의식했는지 세게 물지는 않았다. 하지만 내가 어찌할 틈도 없이 늑대는 고개를 세차게 흔들어 나를 뱉어버렸다. 나는 그대로 십여 미터를 날아가 나무에 부딪혀 떨어졌다. 허리가 부러지는 것 같은 지독한 고통을 견디며 겨우 실눈을 떴다.

눈을 뜨자마자 시야에 들어온 것은 늑대가 바위 위에 서 있는 선 대리를 물기 위해 사납게 덤벼드는 장면이었다. 나는 목

청껏 비명을 질렀다.

"안 돼!"

스르릉. 그 순간 금속성 물질이 단단한 무언가에 긁히는 부자연스러운 소리가 났다. 다음 순간 덤벼들던 늑대의 머리가 무언가에 제지당한 것처럼 멈췄다.

선 대리가 그림처럼 바위에 꽂힌 칼을 뽑아 그대로 늑대에게 꽂아 넣은 것이었다. 칼은 늑대의 오른쪽 눈을 관통하고 있었다. 검신에서 환한 빛이 났다.

늑대와 선 대리 둘 다 한동안 움직이지 않았다. 하지만 잠시 후 늑대의 몸이 스르륵 무너지며 땅에 쓰러졌다. 선 대리가 여전히 손에 쥐고 있는 칼에서는 늑대의 선혈이 뚝뚝 떨어지고 있었다.

"대리님, 해냈어요!"

나는 감격에 겨워 몸을 일으켰다. 내 목소리를 들은 선 대리도 고개를 돌려 나를 향해 배시시 미소 지었다. 긴장이 풀리자 다리에 힘도 풀리는지 선 대리는 그대로 바위 위에 주저앉았다. 나는 절뚝거리며 선 대리를 향해 달렸다.

그리고 모든 게 순식간이었다.

늑대가 꿈틀 움직이는가 싶더니 어느새 선 대리의 옆구리를 물어 바위 위에 세차게 내려쳤고, 선 대리의 가녀린 몸은 종잇조각처럼 무력하게 쓰러졌다. 늑대는 선 대리의 몸 위에 올라타서는 난폭한 동작으로 새하얀 목덜미를 사정없이 물어뜯었다.

# 최후의 불꽃

\*

"대리님!"

난 비명을 지르며 잠에서 깨어났다. 온몸이 식은땀으로 흥건히 젖어 있었다. 시계는 아직 새벽 4시를 가리키고 있었다. 하지만 심장이 왈랑거려서 도저히 다시 잘 수가 없었다. 어서 사무실에 가서 현실의 선 대리가 안전함을 확인해야 마음이 진정될 것 같았다. 입사 이래 이렇게 출근하고 싶었던 적은 처음이었다. 초조하게 원룸을 왔다 갔다가 하며 혹시 어디선가 공유된 적이 있을까 싶어 애꿎은 스마트폰 연락처와 SNS만

뒤졌다. 물론 선 대리와 연락하는 방법 같은 건 어디에서도 찾을 수 없었다. 고작 그 정도의 관계였다. 현실에서는.

결국 평소보다 1시간 일찍 회사에 출근했다. 놀랍게도 텅 빈 사무실에는 고 팀장이 혼자 앉아 있었다. 대체 저 인간은 몇 시에 출근하는 거야? 회사에 살고 있는 요정이나 지박령 같은 건가.

"안녕하세요?"

"오? 이 시간에 웬일이야, 문 주임?"

인사를 하자 고 팀장은 자신의 훈계가 먹혔다고 생각했는지 크게 만족한 얼굴로 아침에 일찍 출근하는 것의 장점에 대해 설파하기 시작했다.

"커피 한잔할래?"

정중히 사양했건만 굳이 종이컵을 두 개 꺼내 커피믹스를 타서 건넨다. 난 또 커피 사준다는 얘긴 줄 알았네. 아무튼 1절만 하시지요. 내일부터는 다시 적당한 시간에 출근할 건데 이러시면 몹시 곤란합니다.

오랜만에 마신 달콤한 커피믹스는 기대 이상으로 맛있었지만 나는 굳이 다시 밖에 나가 아메리카노를 두 잔 사 왔다. 어젯밤 꿈속에서 약속한 커피였다. 하지만 9시가 넘도록 선 대리는 출근하지 않았다. 메신저상으로 휴가는 아니었는데…. 불안했다. 늑대가 선 대리의 목덜미를 물어뜯던 장면이 머릿속에 자꾸만 떠올랐다. 경험상 꿈에서 당한 상처는 현실에서도 아팠다. 만약 현실의 선 대리 또한 자신과 같은 꿈을 꾸고 있는 게 맞다면 출근은 고사하고 당장 응급실에 가야 할 상처였다.

주인 잃은 아메리카노가 차갑게 식었다. 선 대리는 11시가 지나도 여전히 출근하지 않고 있었다. 용 팀장은 출근하자마자 어디론가 나가서 계속 자리에 없었다. 이윽고 결심이 섰다. 그게 무엇이든 진실을 확인하고 싶었다. 나는 선 대리의 자리로 갔다. 선 대리가 없는 책상은 유난히 단출해 보였다. 노트북과 키보드, 마우스, 간단한 사무용품 외에는 아무것도 놓여 있지 않았다. 오늘 당장 회사를 떠나더라도 이상하지 않으리만치 깨끗이 정돈된 책상이었다.

우두커니 서서 선 대리의 자리를 바라보고 있는 나를 옆자리 신입사원이 의아한 표정으로 흘끔거렸다. 절박한 마음으로 제발 아니길 바라며 물었다. 부디 외근이나 오전 반차 같은 것이기를. 차라리 어제 퇴사라도 해버린 것이기를.

"선설아 대리님, 어디 가셨어요?"

목소리가 떨렸다.

"사고를 당해 입원하셨나 봐요."

대답을 듣는 순간 심장에 단검이 박히는 것 같았다. 왜 나쁜 예감은 틀리지 않는 걸까. 숨을 쥐어짜며 신음하듯 물었다.

"무슨 사고를 당하신 거예요?"

"자세한 건 저도 못 들었어요."

"혹시 연락처 알 수 있을까요?"

"대리님은 전화도 못 받는 상황인 거 같던데. 그런데 대체 무슨 일 때문에 그러세요?"

노골적으로 수상한 눈빛을 보내는 신입사원에게 어제 술자리가 과하진 않았는지 사회자로서 여러모로 확인 중이라는 말도 안 되는 변명을 대충 얼버무리고 자리에 돌아왔다. 그렇다고 간밤의 꿈자리가 뒤숭숭해서 그런다고 말할 수도 없지 않은가. 일이 손에 안 잡혔다. 종교도 없는 주제에 처음으로 신에게 소원인 것을 빌었다. 일곱 숲과 악몽의 신이시여, 제발 선 대리가 아무 일 없이 무사하게 해 주소서.

점심엔 고 팀장이 해장국을 산다며 팀원들을 끌고 갔다. 미호 과장은 선약이 있다며 혼자만 빠졌는데 그 선약이란 말할 것도 없이 구환과의 약속이었다. 아주 그냥 둘이 좋아 죽는구나. 좋아 죽어. 그래도 부러웠다. 적어도 지금 내 앞에 앉아 야만인처럼 뼈해장국을 뜨는 고 팀장을 보지 않아도 되는 거니까. 양손으로 뼈를 쥐고 입으로 살을 발라낸 뒤 다시 손가락을 하나하나 쪽쪽 빨아먹는 고 팀장 때문에 식욕이 뚝 떨어져 점심을 먹는 둥 마는 둥 했다. 어제 좌석 배치도를 무시한 것에 대해 혹시 뭐라고 할까 봐 살짝 걱정했었는데 고 팀장도 결과적으로는 자리 바꾸기가 재미있었던지 신이 나서 떠들어 댔다. 다행히 쓸데없는 일로 혼나는 상황은 없을 듯했다.

피곤한 점심시간을 보낸 뒤 영혼이 털린 사람처럼 멍하니 모니터를 보고 있는데 모르는 번호로 전화가 걸려 왔다.

"네, 문백현입니다."

"문백현 씨, 서부경찰서 장기호 형사입니다. 선설아 씨 사건 수사 중입니다."

뭔가에 세게 한 대 맞은 것 같았다. 나도 모르게 전화기에 대고 큰소리로 반문했다.

"네?"

"수사 중에 문백현 씨 이름이 나와서 그러는데 잠깐 만나 뵐 수 있을까요?"

"네?"

신종 보이스피싱인가? 전화를 끊고 나서 잠깐 고민했다. 그 만큼 형사라는 이름이 비현실적으로 느껴졌다. 살면서 형사 라는 사람의 전화를 받을 확률은 얼마나 될까? 모르긴 몰라 도 그리 높은 확률은 아닐 것 같았다. 매일 이 세상 어디선가 범죄가 발생하고 있다지만 주변에 형사를 만나봤다는 사람이 드문 것을 보면 말이다. 형사가 말한 '사건'이라는 단어가 낯설었다. 어쩌면 이 세상은 사건을 일으키는 소수와 사건에 휘말리는 소수, 그리고 절대다수의 사건 없이 살아가는 평범한 사람들로 구성된 게 아닐까.

"너도 연락받은 거야? 왜? 넌 선 대리와 별 관계 없지 않아?"

고 팀장에게 말했더니 이미 장기호 형사에 대해 알고 있었다. 나와 선 대리의 접점에 대해 의아함을 제기하긴 했지만, 어깨만 한번 으쓱하고는 군말 없이 다녀오라고 했다. 알고 보니 경찰서에서 인사부를 통해 정식으로 수사 협조를 요청했고 회사는 직원들이 동요하지 않도록 조용히 회사 밖에서 참고인 조사를 한다는 전제하에 허락한 모양이었다. 옆 팀에서도 벌써 몇 명이 장기호 형사와 만나고 온 것 같았다.

회사 앞 오래 된 프랜차이즈 카페. 빛이 들지 않는 구석 자리에 누가 봐도 나 형사요, 하는 외모의 남자가 앉아 있었다. 짧은 스포츠머리, 검게 그을린 팔뚝, 작지만 다부진 체구. 평일 오후 도심의 빌딩 숲 한가운데, 주변에 회사원 말고는 찾아보기 힘든 카페에서 그 남자는 확실히 이질적인 존재였다. 장기호 형사 덕분에 내가 남들 눈에 얼마나 회사원처럼 보이는지 새삼 깨닫게 되었다.

한바탕 회사원들이 폭풍처럼 몰아치는 점심시간의 열기가 지나간 늦은 오후의 카페는 한산했다. 영화처럼 경찰 신분증을 보인 장기호 형사가 물었다.

"CCTV를 봤습니다. 어제 회식을 마치고 선설아 씨와 같은 방향으로 걸어가고 계셨네요. 선설아 씨가 앞에서 걷고 있는 걸 보셨나요?"

"네, 봤습니다."

"그러다 중간에 다시 반대 방향으로 돌아가셨어요. 왜 그러셨죠?"

당황스러웠다. 뭐야? 나 지금 형사에게 의심받고 있는 건가?

"그건 용 팀장님이 갑자기 나타나셔서요. 용 팀장님은 저희 옆 팀장님이신데…,"

형사는 더 말해보라는 듯 깍지를 끼고 지긋이 나를 쳐다봤다.

"선 대리님한테 어깨를 두르시더라고요. 왠지 방해하면 안 될 것 같았습니다."

사실이기도 했고 장기호 형사도 말이 된다고 생각한 것 같았다. 납득한 것처럼 고개를 끄덕였다. 여기서 형사에게 선 대리에 대한 내 마음까지 고백할 필요는 없겠지. 정작 당사자에게조차 고백하지 못한 것을.

"어깨에 손을 두른 것 말고 다른 기억 나는 행동은 없었을까요?"

"바로 뒤를 돌아서 다른 길로 돌아갔기 때문에 그것 말고는 본 게 없습니다. 그런데 왜 그러시죠? 선 대리님께 무슨 일이 있는 건가요?"

"무슨 일이 있느냐고요?"

장 형사는 내 눈을 예리하게 쳐다보며 수첩을 매만졌다.

"따로 들으신 얘기는 없나 봐요."

"네…."

나는 기어들어 가는 목소리로 말했다. 옆 팀 사람들은 뭔가 들은 얘기들이 있었나 보다. 장기호 형사는 빨대로 커피를 한 모금 빨더니 이윽고 뭔가를 결심한 듯 본인의 휴대전화를 꺼내 두 장면의 영상을 보여줬다.

"선설아 씨 아파트 진입로의 CCTV입니다."

화면 속에서 선 대리는 아파트 단지로 들어가려 하다가 뒤쫓아 온 용 팀장의 손에 붙잡혀 어디론가 끌려갔다. 몸동작으로 보아 저항하는 게 명백했지만, 용 팀장의 힘을 이기지 못한 것처럼 보였다. 주먹이 불끈 쥐어졌다.

"이건 잠시 후 조금 떨어진 대로변의 CCTV 영상이고요."

거기에는 어디선가 혼자 돌아온 용 팀장이 택시를 타고 사라지는 모습이 찍혀 있었다.

"문제는 주변을 아무리 뒤져봐도 이 두 영상이 전부라는 점입니다. 그리고 선설아 씨는 몇 시간 뒤 여기서 얼마 떨어지지 않은 한적한 공터의 바위 위에서 의식불명 상태로 발견되었습니다."

나는 너무 놀라 고개를 들어 장 형사를 쳐다보았다. 장 형사는 처음처럼 계속 내 눈을 보고 있었다. 아마 영상을 보여주던 내내 나의 반응을 살핀 모양이었다. 하지만 그런 게 전혀 중요하지 않을 만큼 나는 큰 충격을 받았다.

"의식불명이라니요?"

"안타깝게도 목이 졸린 흔적이 있었습니다. 그 외에도 몸 곳곳에 저항했던 상처가 있었고요. 그래서 저는 현재 타의에 의한 폭행 사건으로 보고 수사를 진행 중입니다."

소름이 등골을 타고 올라왔다. 어젯밤 꿈에서 늑대가 선 대리의 목을 물어뜯는 장면이 자꾸만 머릿속에서 반복 재생되었다.

"선 대리님은… 지금 괜찮으신가요?"

"썩 좋지는 않습니다. 지금도 의식불명 상태라서요."

장 형사는 그 부분이 가장 큰 문제라고 말했다. 피해자가 증언할 수 없는 상태에서 다른 증거가 전혀 없어 수사가 난항이고, 유력한 용의자로 추정되는 용 팀장은 이날 연인 관계이던 선 대리와 말다툼을 했던 것은 사실이지만 폭행은 전혀 모르는 일이라고 발뺌한다는 거였다. 그래서 주변 사람들의 작은 증언이라도 중요한 상황이라 했다.

"제가 무슨 도움을 드리면 될까요? 저는 선 대리님과 용 팀장님이 연인 관계인 줄도 몰랐어요."

"연인 관계라는 건 용의자 측 주장이고요."

장 형사는 날카롭게 내 표정을 살피며 비닐에 포장된 가방을 하나 꺼냈다. 나는 다시 한번 깜짝 놀랐다. 그건 꿈에서 보던 선 대리의 크로스백이었다.

"피해자의 가방에서 이런 게 나왔습니다."

반으로 곱게 접힌 작은 쪽지였다. 장 형사는 그 쪽지를 나에게 건넸다. 나한테 펼쳐보라는 건가? 나는 미심쩍은 얼굴로 조심스레 그 쪽지를 펼쳤다. 거기에는 단정한 글씨로 이렇게 적혀 있었다.

– 문백현 주임에게 시간의 오두막에서 부활의 샘물을 찾으라 전할 것.

보는 순간 가슴이 뛰었다. 이건 분명히 꿈속의 대리님, 아니 현실의 대리님이 꿈속의 나에게 보내는 메시지였다. 하지만 이걸 현실의 형사에게는 대체 뭐라고 설명한단 말인가. 나는 망설일 것도 없이 한숨을 푹 쉬고 말했다.

"죄송해요. 이건 제작 검토 중인 게임 얘기예요. 저희가 게임 회사이다 보니."

나를 빤히 쳐다보던 장 형사도 결국 한숨을 쉬었다. 하지만 애초에 별 기대가 없었던 듯 크게 실망한 기색도 없었다. 쪽지를 보고 혹시나 하는 마음에 조사한 것이라 했다.

"인제 그만 올라가 보셔도 좋습니다."

장 형사의 말에 자리에서 일어나려는 순간 아직 켜져 있는 휴대전화의 CCTV 화면이 눈에 들어왔다. 택시를 잡는 용 팀장이 오른쪽 눈을 다친 듯 움켜쥐고 있었다. 나는 화면을 가리키며 장 형사에게 물었다.

"용 팀장님이 어디 다치셨나요?"

"예. 눈을 찔렸대요. 그래서 오히려 자신이 피해자라고 주장하고 있죠."

장 형사가 처음으로 감정을 드러내며 어이가 없다는 듯 말했다. 나는 장 형사에게 인사하고 돌아서며 속으로 으르렁거렸다.

역시 당신이 드래곤이었구나!


그날 밤 나는 만반의 준비를 하고 침대에 누웠다. 과하지도 부족하지도 않게 적당히 저녁 식사를 하고 마음을 안정시키는 음악을 들으며 가벼운 러닝으로 최상의 컨디션을 유지했다. 동시에 머릿속으로는 늑대와의 전투를 수없이 시뮬레이션하며 최선의 작전을 구상했다. 어젯밤과 달라진 점은 내가 늑대의 정체를 알고 있다는 것, 또 나에게는 계획이 있다는 것이었다. 그러니까 어제처럼 호락호락하진 않을 거다. 덤벼라, 이 늑대 놈아! 각오를 다지며 잠에 들었다.

눈을 번쩍 뜨자 주변이 어둑어둑했다. 어떻게 된 거지? 나는 침대에서 용수철처럼 벌떡 일어나서 등 뒤로 손을 가져갔다. 불사조의 활이 없었다. 당황하며 맨손으로 방어 자세를 잡았다. 거울의 방패도 없었다. 알람이 울렸다. 알람이라고? 나는 더더욱 당황하고 말았다. 알람을 끄려다 우당탕탕 휴대 전화를 바닥에 떨어뜨리고 나서야 깨달았다. 여기는 내 방이고 지금은 출근 시간이네? 정말 이게 대체 어떻게 된 거지?

사무실에 도착해서 선 대리의 빈 자리를 보자 실감이 났다. 선 대리는 현실로 돌아오지 못했고 나는 꿈을 꾸지 못했다. 그냥 꿈을 꾸지 못한 정도가 아니었다. 나는 너무나 깊게 숙면을 한 나머지 커피를 마시지 않아도 하루를 살아낼 수 있을 만큼 컨디션이 좋았다. 회사원에게 그런 날이 오다니! 정말 믿을 수 없는 일이었다. 하지만 지나치게 좋은 몸 상태에 비해 정신 상태는 별로 온전치 못했다.

드래곤을 물리치기 전까지는 단 하루도 꿈을 꾸지 않은 적이 없었는데…. 그러니까 매일 밤 꿈속에서 그 숲을 헤매야 하는데 도대체 어제는 무슨 일이 벌어진 거지? 설마 대리님이 의식불명이 된 것과 관련이 있는 걸까? 대리님이 꿈을 꾸지 못하게 되면서 나도 꿈을 꿀 수 없게 되어버린 걸까? 그럼 안 되는데? 그러니까 이대로 대리님이 깨어나지 못한 채로 꿈이 끝나버리면 안 되는데….

불안해서 하루 종일 일이 손에 잡히지 않았다. 정신을 좀 차려보려고 화장실에서 찬물로 세수했다. 고개를 들고 거울을 보는데 막 볼일을 마치고 나오는 구환과 눈이 딱 마주쳤다. 구환이 깜짝 놀란 표정으로 물었다.

"야, 너 괜찮아? 영혼 어디에다 뒀어?"

"으어어어어."

뭐라고 대답했는지도 모르겠다. 지금 그런 게 중요한 게 아니었다.

"안 되겠다. 커피나 마시러 가자. 형이 바닐라 라떼 사줄게."

이건 정정해야겠다.

"바닐라 라떼 말고 에스프레소."

구환은 한 번 더 매우 놀란 표정을 지었다. 그도 그럴 것이 난 살면서 에스프레소라는 다섯 글자를 발음해 본 역사가 없다.


잠시 후 에스프레소가 작은 잔에 담겨 나왔다. 손가락 하나

겨우 들어갈 법한 귀여운 손잡이가 달린 하얀 잔이었다. 구환이 걱정스러운 표정으로 물었다.

"정말 마실 수 있겠어?"

나는 코웃음을 치고는 그대로 에스프레소를 목구멍에 털어 넣었다. 이런 건 기세로 먹는 거지. 앗 뜨거. 입천장 다 데었네.

"와, 살면서 에스프레소를 소주처럼 원샷하는 사람은 처음 보네."

"지금 내 마음이 좀 쓰거든."

구환이 내 어깨를 토닥였다.

"선 대리님 때문이야?"

나는 아무 말도 하지 않았다. 입천장에 혓바닥을 댔더니 피부가 한 꺼풀 떨어져 훌훌 날렸다. 구환은 그런 나를 빤히 쳐다보다가 의미심장하게 한마디를 던졌다.

"마케팅팀 사람들 오늘 퇴근 후에 어디 간다더라."

"어디?"


길다면 길고 짧다면 짧은 회사원의 하루가 가고 오늘도 어김없이 퇴근 시간이 왔다. 이미 캄캄해진 거리에는 가로등 불빛에 의지한 사람들이 물결처럼 지하철역으로 쏟아져 들어가고 있었다. 줄지어 끝없이 계단으로 밀려 내려가는 인파를 보고 있자니 지하철 입구가 커다란 아가리를 벌리고 사람들을 삼키고 있는 것 같기도 했다. 환한 불빛으로 집에 가는 길이라며 현혹하는 괴물의 입. 나도 그중 한 무리의 인파에 섞여 계단을 걸어 내려가고 있었다.

하지만 오늘은 집으로 가는 길은 아니었다. 나는 옆 팀, 그러니까 마케팅팀 사람들과 함께 집과는 정반대 방향의 플랫폼에 내려섰다. 마케팅팀에서 선 대리의 병문안을 간다길래 대뜸 나도 같이 가겠다고 말한 것이었다. 구환이 알려준 덕분이었다. 우리 팀에서는 나와 고 팀장만이 병문안 대열에 합류했다. 그다지 좋은 일도 아니었고 또 회사가 쉬쉬하고 있는 일이라 병문안을 가는 인원은 최소한으로 꾸린 것 같았다. 나는 장 형사를 만나고 온 덕에 합류할 기회와 명분이 생겼다.

지하철 객차는 저마다의 퇴근길에 지친 사람들로 가득 찼다. 평소와 같은 만원 지하철이었다. 평소와 다른 점은 병문안을 가는 사람들이 같은 플랫폼에서 우르르 함께 탑승하다 보니 우리 일행끼리 비좁은 곳에 다닥다닥 붙어 있게 되었다는 거였다. 일반적인 퇴근길이라면 회사 사람들과 함께 탄 것에 대해 속으로 불평하는 사람도 있었겠지만, 오늘은 아니었다. 오히려 비일상적인 사건을 겪게 된 것에 대한 알 수 없는 흥분감이 열차 내 공기를 감돌았다.

회사 사람들은 겉으로는 선 대리를 걱정하는 표정으로 위장하고 있었지만 실제로는 선 대리와 용 팀장의 관계를 흥미로운 가십처럼 수군대고 있었다. 매일 얼굴 보고 지내던 팀장과 팀원, 그것도 서로 사귀던 사이로 알려져 있던 두 사람 사이에 발생한 데이트 폭력 사건이라니 확실히 자극적인 소재이긴 했다. 하지만 나는 이 모든 게 하나도 재미있지 않았다. 오히려 타인의 불행을 가십처럼 떠드는 그들이 사이코패스처럼 느껴졌다.

"그래서 둘이서만 그렇게 외근하러 다녔구먼."

"제가 보기엔 회사에서도 몰래 때렸던 거 같아요. 왜 그때 선 대리가 팀장님이랑 회의실 갔다 왔는데 시퍼렇게 멍이 들어서 왔잖아요."

"회사에서 왜 그래? 변태야?"

"진짜 소름…. 팀장님 겉보기엔 정말 젠틀한 이미지신데. 사람은 역시 겉만 봐선 모른다니까요."

그들의 목소리에 묻어 있는 은밀한 호기심이 내 신경을 긁었다. 한 사람을 의식불명으로 만든 고통스러운 사건이 이들에게는 흥미진진한 이야깃거리에 불과했다. 특히나 고 팀장은 어딘가 신나 보이기까지 했다. 하긴 부서 내 유력한 경쟁자이자 자신보다 뛰어나다는 평가를 받던 차기 유망주였던 용 팀장이 추문에 휩싸인 건 그에게 기뻐할 만한 일이었을 것이다. 지하철을 타고 가는 내내 고 팀장도 사람들과 어울려 쉴새 없이 뭐라고 계속 떠들어 댔는데 가만히 듣고 있기가 무척이나 힘들었다.

"무슨 사랑싸움을 그렇게 심하게 해?"

"사랑이라니요?"

마침내 '사랑싸움'이라는 고 팀장의 한마디가 내 이성의 끈을 끊어버렸다.

"사람을 때리고 목을 조르는 게 어떻게 사랑인가요? 사랑과 범죄도 구분 못 하세요?"

내가 정색하고 달려들자, 주변에 일순 정적이 흘렀다. 잠시 후 옆 팀의 나이 지긋하신 차장님이 점잖은 목소리로 중재하고 나섰다.

"그래, 고 팀장님. 그건 말이 좀 심했다. 우리 이제 말조심하면서 갑시다."

그렇게 남은 일곱 정거장은 불편한 침묵 속에 지나갔다. 불편하라지. 나는 여전히 떫은 마음이 가시지 않았다.


중환자실의 자동문이 슈 하고 열리면서 병원 특유의 차가운 공기가 안개처럼 배어 나왔다. 의식불명 상태인 선 대리를 직접 면회할 수는 없었기에 우리는 중환자실 바깥의 대기실에서 그녀의 부모와 만나 인사를 해야 했다. 선 대리의 어머니는 우리를 보는 순간부터 눈물을 멈추지 못했기에 우리는 수척한 몰골의 아버지와 이야기를 나눴다.

"얼마나 심려가 크십니까."

"선 대리님이 얼른 깨어나셔야 할 텐데요."

"저희가 도울 일이 있으면 얼마든지 말씀해 주십시오."

불과 삼십 분 전까지는 선 대리에 대해 가십처럼 떠들던 이들이 가족들 앞에서는 진심으로 걱정스러운 표정과 태도를 연기하는 것을 보며 진절머리가 났다. 특히나 고 팀장은 자신이 회사의 대변인이라도 되는 것처럼 정중히 허리를 90도로 숙여 사과하고 있었다.

그래. 머리로는 알고 있다. 불행의 당사자인 것과 아닌 것의 차이는 하늘과 땅만큼이나 그 간극이 크다. 그러면 꿈속에서만 선 대리를 아는 사이인 나는 이 사건의 당사자인가, 아닌가. 나는 대체 왜 이렇게 마음이 찢어질 듯 아픈 것인가.

나는 사람들에게서 시선을 떼고 중환자실의 유리창 너머로 선 대리가 누워 있는 환자용 침대를 바라보았다. 침대 옆에는 환자의 상태를 나타내는 모니터가 복잡하게 늘어져 있었고 간호사들이 좁은 공간을 바쁘게 오가며 선 대리의 상태를 체크하고 있었다. 호흡기를 달고 있었지만, 편안한 표정으로 누워 있는 선 대리는 마치 깊은 잠에 빠진 것처럼 보였다.

선 대리는 지금 꿈을 꾸고 있을까? 여전히 마지막 그 모습 그대로 바위 위에 계속 쓰러져 있는 걸까? 만약 그렇다면 지금 혼자서 너무나 무섭고 아프진 않을까? 혼자서…. 그래. 나는 꿈속에서 혼자 있어 본 적이 없었다. 지난 몇 개월간 일곱 드래곤의 숲을 모험하는 동안 언제나 내 곁엔 선 대리가 있었다. 때로는 괴롭고 때로는 아프기도 했지만 그래도 그녀와 함께였기에 그 모든 꿈을 이겨낼 수 있었다.

난 중환자실 유리창에 바짝 가까이 다가갔다. 형광등 불빛이 반사되는 유리 너머로 마치 잠자는 듯한 선 대리의 얼굴이 또렷이 보였다. 여기서 소리쳐 부르면 금방이라도 깨어나 웃어줄 것만 같았다. 꿈에서 깨지 못하고 있는 선 대리에게 나직이 말을 걸었다.

"대리님, 저예요. 문백현."

내 목소리가 들리면 좋겠다. 들어줬으면 좋겠다.

"우리의 모험은 아직 끝나지 않았잖아요. 함께 마지막 드래곤을 물리치기로 약속했잖아요."

물론 대답은 없었다.

"오늘 밤, 꿈속으로 찾아갈게요. 그러니 기다려 주세요."

내 목소리가 들렸을까? 왠지 선 대리가 듣고 있는 것 같다는 생각도 들었지만, 어차피 진실은 알 수 없었다. 대답은 스스로 찾아내야만 했다. 나는 그 후로도 한참이나 누워 있는 선 대리의 모습을 잊어버리지 않으려, 잃어버리지 않으려 가만히 바라보다가 자신에게 다짐하듯 말했다.

"제가 꼭 깨워드릴게요."

오늘 밤은 혼자서 악몽과 맞서야 했다.

*

눈을 떴다. 또 하나의 세계가 열렸다.

등 뒤로 뻗은 손에 불사조의 활이 잡혔다. 돌아왔구나. 감사합니다, 대리님. 안도의 한숨을 내쉰 것도 잠시, 눈 앞에서 급박한 상황이 다시 펼쳐졌다. 늑대가 은빛 갈기를 거칠게 흔들며 선 대리의 목을 무자비하게 물어뜯고 있었다. 선 대리는 모든 것을 체념한 사람처럼 바위 위에 팔다리를 축 늘어뜨린 채 어떤 저항도 하지 못하고 있었다. 늑대가 고개를 뒤로 젖힐 때마다 피와 살점이 잔인하게 뜯겨 나갔다. 이쪽을 향한 선 대리의 눈동자에는 이미 초점이 없었다. 빠드득, 꿈에서도 이가 갈렸다.

자, 이제 준비한 작전을 실행할 때가 왔다. 물론 위험 요소는 한둘이 아니었다. 선 대리 없이 내가 혼자서 '언어'를 사용할 수 있을까? 나의 언어로 이 세계를 정의하고 변화시킬 수 있을까? 하지만 질문을 던져도 누가 답해줄 리 없었다. 아직 해보지 않은 일로 걱정부터 하는 건 무의미했다. 내가 일곱 숲에서 얻은 교훈은 단 하나다. 걱정이란 결국 한가한 자들의 사치품일 뿐이라는 것. 그런 안이한 태도로는 이 위험한 숲에서

단 한 걸음도 앞으로 걸어갈 수 없다. 어차피 해볼 수밖에 없는 일은 해야만 한다.

나는 불사조의 활을 있는 힘껏 당겼다. 화살의 형상을 한 불꽃이 일렁이자 늑대가 고개를 들어 이쪽을 경계했다. 시위를 놓았다. 늑대는 몸을 살짝 비틀어 불의 화살을 피했다. 여전히 놀라운 반사신경이었다. 개의치 않고 곧바로 시위를 당겼다. 두 번째 화살을 쏘았다. 이번에도 늑대는 쉽게 피했다.

잔심(殘心). 화살이 시위를 떠난 순간 이미 결과를 받아들이고 있었기에 나는 전혀 동요하지 않았다. 늑대의 움직임을 따라 침착하게 세 번째와 네 번째 화살을 계속해서 날렸다. 날아간 화살은 늑대의 귀를 스쳤다. 늑대가 낮게 으르렁거렸다.

"이리 와."

마침내 다섯 번째 화살이 늑대의 다리를 스쳤을 때 늑대는 더 이상 날 내버려 두면 안 되겠다고 판단했는지 이쪽을 향해 돌진해 왔다. 나는 미련 없이 뒤돌아 안개의 숲으로 몸을 숨겼다.

울창한 안개의 숲은 몸을 숨기기 좋았다. 나는 커다란 나무 뒤에서 늑대가 지나가기를 기다렸다가 녀석의 꽁무니를 향해 여섯 번째 화살을 날렸다. 불의 궤적이 안개를 뚫고 늑대의 살갗을 스쳤고 그 궤적을 따라 늑대도 몸을 날렸다.

우지끈. 내가 숨어 있던 나무가 늑대의 몸에 부딪혀 두 동강이 났다. 가히 살벌한 반응 속도와 파괴력이었다. 하지만 난 이미 그 자리에 없었다. 곧바로 발사한 일곱 번째 화살은 늑대의 코끝을 스쳤고, 나는 화살을 날리자마자 결과를 확인하지도 않고 또 다음 나무로 몸을 숨겼다. 늑대는 순식간에 내가 숨어 있던 나무를 통째로 뽑아내 버렸지만, 이번에도 한발 늦었다. 약이 잔뜩 오른 늑대가 으르렁거리며 주변을 배회하는 소리가 들렸다. 늑대는 비합리적으로 빨랐다. 잠깐의 방심도 치명적인 결과를 가져올 수 있었다.

다행히 이끼로 가득한 땅은 습기를 잔뜩 머금어 발소리를 죽이기에 최적이었다. 반대로 몸집이 큰 늑대는 걸을 때마다 주변의 나뭇가지를 따닥따닥 부러뜨리고 있었다. 나는 안개에 가려진 늑대의 그림자를 천천히 추적했다. 빽빽한 나무 사이로 늑대의 꼬리가 흔들리는 게 보였다. 나는 숨을 고르고 여덟 번째 화살을 쏘았다. 늑대의 꼬리를 스친 화살이 허망하게 나무에 박히는 것을 보며 나는 점찍어 둔 다음 나무로 몸을 날리려 했다.

그 순간 늑대의 얼굴과 정면으로 마주쳤다. 번번이 나를 놓치던 늑대가 이번에는 화살이 발사된 곳이 아닌 역방향으로 돌아 들어와 길목을 차단한 것이었다. 역시 머리가 좋군.

마침내 사냥감을 찾아냈다는 흥분을 숨기지 않는 그 섬뜩한 눈빛과 마주하는 순간 온몸이 얼어붙는 것 같았다. 더 이상 피할 곳은 없었다. 여기서 승부다! 시위를 힘이 닿는 한 끝까지 당겼다. 아홉 번째 불의 화살이 화르르 타올랐다. 늑대의 눈동자에서 불꽃이 반짝였다.

털을 잔뜩 부풀린 늑대가 과시하듯 포효하더니 나를 향해 맹렬히 돌진했다. 질 수 없지. 으악! 나도 늑대의 미간에 활을 겨냥한 채 있는 힘껏 용맹하게 소리를 질렀다. 내가 시위를 탁 놓는 순간 늑대가 무서운 속도로 땅을 박차며 몸을 날렸다.

와장창! 늑대가 온 힘을 다해 거울에 부딪혔다. 거울이 산산이 깨지며 유리 파편이 사방으로 튀었다.

그렇다. 늑대가 본 것은 처음부터 거울에 비친 나였다. 나는 일곱 번째 숲에 이르러서야 선 대리가 아닌 나의 '언어'로 꿈 속 세계를 재구축했다. 거울의 방패를 키 큰 나무보다 더 거대하게 만들어 의도적으로 늑대가 볼 수 있는 곳에 꽂아둔 것이다. 맑은 날의 공터였다면 눈치챌 수도 있었겠지만, 이곳은 시야를 흐리는 안개로 가득한 숲이었다. 결국 늑대는 거울에 비친 나의 모습을 진짜로 착각하고 전력을 다해 돌진했다. 그리고 거울의 방패는 상대가 가한 공격을 그대로 반사해 되돌려준다. 화가 난 늑대의 맹렬한 공격은 거울에 닿는 순간 그대로 반작용이 되어 자신을 스스로 파괴했다.

뭐, 부끄럽게도 내가 이 꿈에서 최초로 사용한 언어가 '거울의 방패 2단 변신!'이었다는 사실은 선 대리에게 영원히 비밀이다. 역시 나에겐 선 대리가 필요했다. 그녀가 없으면 이 세계는 단순하고 유치한 언어들로 가득해질 것이다.

나는 요란한 발소리를 내며 미친 듯이 뛰어 선 대리가 있던 태초의 바위로 되돌아갔다. 늑대가 회복하기 전에 선 대리가 말한 '시간의 오두막'을 찾아야만 했다. 지금까지 언제나 선 대리가 언어를 사용하는 순간 그건 이 세계에 존재하는 것이 되었다. 그러니까 아마 선 대리는 이미 시간의 오두막을 준비해 두었을 것이다. 다만 나는 그것을 '발견'하면 될 뿐.

가까이에서 본 선 대리의 모습은 더 끔찍했다. 피투성이가 되어 너덜너덜해진 목은 누가 봐도 치명상이었다. 선 대리의 크로스백에서 주머니를 꺼내 남아 있는 회복의 가루를 모조리 털어냈다. 주황빛이 환하게 빛나며 송곳니에 물어뜯긴 상처에서 뿜어져 나오던 피는 급한 대로 멈출 수 있었지만, 근본적인 해결책은 될 수 없었다. 빨리 진짜 해결책을 찾아야 했다. 나는 선 대리의 코 앞에 손가락을 가만히 대어 보았다. 아직 가늘게 숨이 붙어 있었지만 더 이상 시간이 지체되면 위험할 것 같았다. 골든타임을 놓쳐서는 안 된다.

생각이 거기에 이르자 나는 비로소 시간의 오두막의 역할을 깨달을 수 있었다. 선 대리는 언제나 자신이 사용하는 단어 하나하나에 섬세한 의미를 부여했다. 자신이 언젠가 지금처럼 생명을 위협받는 긴박한 상황에 부닥칠 수도 있다고 생각한 선 대리가 쪽지를 통해 나에게 시간의 오두막을 찾아달라고 한 것이다. 그러니까 하필 내가 찾아야 할 오두막의 이름이 '시간'의 오두막인 이유는 그곳이 어떤 위급한 상황에서도 시간의 흐름을 벗어나 선 대리를 살릴 수 있는 골든타임을 지켜주는 곳이기 때문일 것이다. 그렇다면 그 시간의 오두막이 있어야 할 장소는?

나는 선 대리를 두 팔에 안아 들었다. 그녀의 고운 머리칼과 가느다란 팔다리가 힘 없이 아래로 떨어졌다. 흥건한 피가 상의를 붉게 적시고 내 옷에도 스며들었지만, 선 대리의 얼굴만은 잠이 든 것처럼 평온했다. 나는 눈을 감았다. 심호흡한 뒤 천천히 뒤로 돌아섰다. 그리고 눈을 떴다. 그곳에 시간의 오두막이 있었다.

그렇다. 시간의 오두막이 있어야 할 장소는 바로 '지금 이곳'이었다.

그건 통나무로 만들어진 작은 오두막이었다. 나는 선 대리를 안고 오두막 안으로 들어갔다. 내가 들어서자마자 오두막의 문이 저절로 닫혔다. 놀랍게도 오두막 안에는 우물이 있었다. 그것도 떡하니 실내 한복판에 자리 잡고 있었다. 안 그래도 비현실적인 풍경을 더더욱 비현실적으로 만드는 것은 우물 뒤에 있는 침대였다. 거기에는 고급스러운 호텔에나 있을 법한 새하얀 시트가 깔린 침대 하나가 그림처럼 가로로 길게 놓여 있었다.

나는 먼저 선 대리를 침대에 조심히 눕혔다. 포근한 침대의 쿠션에 그녀의 가벼운 몸이 사뿐히 얹어졌다. 선 대리의 흐트러진 머리칼이 왠지 모르게 안쓰러워 단정하게 뒤로 쓸어 넘겨줬다. 들리진 않을 것 같았지만 마음이 전해지길 바라며 그녀의 귀에 속삭였다.

"대리님, 조금만 더 버텨주세요."

그리고 누가 봐도 수상한 우물 앞에 섰다. 이게 선 대리가 말한 '부활의 샘물'인가? 우물 안쪽을 내려다보자 저 아래 어두운 곳에서 검은 물이 찰랑거렸다. 우물은 성인 키의 서너 배는 될 정도로 깊었다. 도저히 손으로는 물을 뜰 수 없는 깊이였고 그렇다고 주변에 물을 길 수 있는 도구도 없었다. 왠지 저 물을 떠야 할 것 같은데….

그 순간 우물이 나를 잡아당겼다. 나는 머리부터 빨려 들어가듯 검은 물속으로 풍덩 빠졌다. 순간 숨을 참았던가. 검은 물이 온몸을 휘감아 돌며 나는 중력을 잃었다. 암흑 속에서 한참을 허우적대다 어느 순간 다리가 바닥에 닿았다. 그리고 천천히 중력을 되찾았다. 땅이 인간에게 주는 안정감이란.

나는 눈을 떴다. 사방이 온통 깜깜해서 눈을 떴는지조차 알기 힘들었지만, 의식적으로 눈을 떴다. 숨이 쉬어지는 것으로 봐서 적어도 물속은 아니었다. 꿈속에서 다른 공간으로 넘어온 것 같았다.

짙은 어둠 속에서 고개를 이리저리 돌리다 하늘에서 둥근 보름달을 발견했다. 보름달? 그렇다기에는 어딘가 모양이 이상했다. 평소 알던 달의 모습이 아니었다. 나는 두 눈을 비비고 나서 다시 한번 찬찬히 달을 살펴봤다. 한참을 구석구석 뜯어본 후에야 달의 표면에서 오두막의 천장을 발견할 수 있었다.

그랬다. 저건 달이 아니라 내가 떨어진 우물의 입구였다. 공간이 변형되긴 했지만, 이곳은 여전히 우물 안이었다.

자, 그러면 이제 저 위로 어떻게 나간다?

그걸 알기 위해서는 이 공간이 어떻게 생겨 먹은 곳인지부터 알아야 했다. 등에 메고 있던 불사조의 활을 꺼냈다. 손가락으로 시위를 당기자 화르르 불꽃이 일어 주변을 밝혔다.

상상 이상으로 넓은 공간이었다. 도저히 우물 안에 이런 공간이 있을 거라고는 생각할 수 없을 정도였다. 지평선 같은 암흑이 사방으로 펼쳐져 있어 도저히 그 넓이가 가늠되질 않았다. 빛이 끝까지 닿지 않았기에 나는 화살을 쏘아보기로 했다.

화르르. 포물선을 그리며 허공을 날아가는 불의 화살이 비추는 곳에는 철창살처럼 보이는 구조물이 있었다. 감옥 같은 곳인가? 나는 제자리에서 방향을 조금씩 달리하며 계속해서 불의 화살을 쏘았다. 쏘면 쏠수록 점점 더 이 공간에 대한 확신이 생겼다. 마침내 한 바퀴를 다 돌았을 때 나는 이 공간에 대한 인상을 한마디의 언어로 정의 내릴 수 있었다.

"새장."

그렇다. 이곳은 마치 거대한 새장 같았다. 둥근 원형의 새장 꼭대기는 돔 모양으로 좁아지고 있었고 그 꼭대기에 유일한 탈출구인 우물 입구가 자리 잡고 있었다. 웬만한 고층 빌딩보다도 훨씬 높아 보이는 철창살을 기어 올라가야 겨우 꼭대기에 다다를 수 있을 테지만 언뜻 봐도 인간이 기어오를 만한 구조물은 아니었다.

그때 뒤에서 훅하는 불꽃과 함께 열기가 느껴졌다. 소름이 끼쳤다. 이건 여섯 번째 숲에서 화염의 브레스를 내뿜는 용과 마주쳤을 때의 느낌인데….

진작에 던졌어야 할 당연한 의문이 뒤늦게 머리를 스쳤다.

'이건 대체 무얼 가둬두기 위한 새장이지?'

솔직히 절대로 돌아보고 싶지 않았지만 그래도 돌아봐야 했다.

각오를 다지고 슬며시 고개를 돌리자 가장 먼저 눈에 들어온 건 사람 키만큼 거대한 맹금류의 다리였다. 그 끝에는 단숨에 상대를 죽일 수 있을 만큼 단단하고 날카로운 발톱이 달려 있었다. 적어도 참새나 앵무새 같은 걸 가두는 새장은 아니군. 이미 매우 무서웠지만 그래도 억지로 턱을 들어 올려 그것의 정체를 확인했다. 어떤 감정도 느껴지지 않는 커다랗고 동그란 눈동자가 그곳에 있었다. 마치 거대한 독수리나 매처럼 생긴 그 생명체는 머리 위에서 나를 내려다보고 있었다.

나는 고개를 들면서 본능적으로 불사조의 활도 함께 들어 올리고 있었다. 곧바로 공격에 들어갔다. 내가 툭 하고 활시위를 놓은 것과 동시에 거대한 새도 그 큰 부리로 나를 쪼았다. 나는 옆으로 구르며 가까스로 빠져나갔다. 거리를 벌려야 한다는 생각에 정신없이 달리다 다리가 꼬여 바닥을 한 바퀴 굴렀다. 아픈 어깨를 어루만질 새도 없이 다시 일어나 몇 걸음 더 달리다가 재빨리 뒤로 돌아 다시 녀석을 향해 활을 겨냥했다.

그런데 뭔가 이상했다. 당연히 쫓아올 줄 알았던 그 거대한 새는 그저 고개만 이쪽으로 돌려 나를 바라보고 있었다. 이건 또 무슨 상황이지? 의혹이 머리를 스칠 때 또다시 그것의 몸에서 불꽃이 일었다. 입에서 뿜는 브레스 같은 게 아니었다. 그것이 숨을 쉴 때마다 깃털 틈에서 옅은 불꽃이 새어 나오고 있었다. 그 익숙한 불꽃을 보고 나서야 나는 깨달았다. 저 새는 불사조다. 나의 활과 같은 힘을 원천으로 하는 불사조.

불사조가 다리를 절뚝거리며 나를 향해 몸을 돌렸다. 어딘가 다친 것 같았다. 한참을 기다려도 특별히 나를 공격할 의도가 보이지 않자, 나도 조금은 두려움이 사라졌다. 나는 천천히 불사조에게 다가갔다. 불사조가 자세를 고치며 푸드덕거릴 때마다 날개에서 불꽃이 일었다. 그 불꽃이 잠깐 주변을 밝히는 찰나 나는 보았다. 깃털이 듬성듬성 빠진 채 제대로 펴지도 못하고 꺾여 있는 날개를. 그것은 날개를 다친 것이 틀림없었다. 내가 한 걸음씩 더 다가가자 불사조의 시선도 나에게 고정되었다.

아니, 정확히는 내가 아닌 것 같았다. 나는 시험 삼아 불사조의 활을 크게 좌에서 우로 흔들어 보았다. 그러자 불사조의 시선도 활을 따라 우에서 좌로 움직였다. 역시 녀석이 보고 있는 건 처음부터 내가 아니라 활이었다. 그렇다는 건?

나는 잠시 생각에 잠겼다. 늑대와의 싸움이 아직 끝나지 않은 이 시점에서 불사조의 활을 잃어도 괜찮을지에 대해 고민했다. 하지만 이 공간 또한 선 대리의 의도가 반영된 곳이라면 지금 나의 판단을 믿어도 됐다. 이정표는 없었지만 너무나 명징하게도 이 새장에서 내가 할 수 있는 일은 단 하나밖에 없었다. 나는 불사조와 시선을 맞추며 천천히 다가가 활을 바닥에 내려놓고 다시 뒤로 물러섰다.

내가 물러서자마자 불사조의 거대한 부리가 활을 낚아채더니 그대로 삼켜버렸다. 그 순간 누가 전원 버튼을 누르기라도 한 것처럼 불사조의 온몸이 폭발적인 화염으로 활활 타올랐다. 그건 흡사 스스로 타오르는 태양 같았다. 나는 강렬한 빛과 열기를 이기지 못하고 주춤거리며 뒤로 물러섰다. 그렇게 한참을 타오른 불사조의 불꽃이 어느 순간 점차 진정되더니 마침내 안정되었다. 불사조는 온몸이 눈부시게 빛나고 있었고 이제 날개도 완전히 회복된 것처럼 보였다. 나는 감사의 말을 전했다.

"그동안 내가 너의 힘을 빌려 쓰고 있던 거였구나. 고마웠어."

불사조는 그에 대한 화답이라도 하는 것처럼 날갯짓을 두어 번 한 뒤 땅을 박차고 날아올랐다. 그러고는 나에게 인사하듯 공중을 빙글빙글 돌며 선회하더니 이윽고 천장의 우물 입구를 향해 매섭게 날아갔다. 불사조는 전력으로 우물 입구를 돌파했고 보이지 않는 유리 천장이 쨍그랑 소리를 내며 깨졌다.

'불사조의 활'.

선 대리가 정의하고 내가 사용한 언어는 어느 순간 도리어 자신을 만든 그 '활'이라는 정의 속에 갇히게 되었고 이제는 그 언어가 다시 새장을 깨고 날아갔다.


자유를 되찾은 불사조가 날아가고 나자 그 자리에는 찻잔이 하나 남았다. 처음부터 그것은 우물이 아니라 찻잔이었다. 내가 우물로 보고자 해서 우물이었을 뿐이다. 찻잔에는 맑은 물이 찰랑찰랑 담겨 있었다. 나는 그게 무엇인지 이미 알고 있었다. '부활의 샘물'이었다.

나는 찻잔을 두 손으로 소중하게 들어 올렸다. 찻잔에 담겼다는 것은 '부활의 샘물'이 마시는 물이라는 뜻이리라. 선 대리는 아까 내가 눕힌 그 모습 그대로 침대에 누워 있었다. 마치 시간이 정지된 것 같았다. 어쩌면 그것이 '시간의 오두막'이 가진 역할일지도 몰랐다.

나는 한 손으로 선 대리의 어깨를 감싸고 상체를 살짝 일으켜 세웠다. 선 대리는 여전히 깊은 잠에 빠진 것처럼 의식이 없었다. 이제 괴물의 저주에 빠진 숲속의 공주님, 아니 대리님을 깨울 시간이다. 찻잔을 그녀의 작은 입술에 대고 살며시 입을 벌려 부활의 샘물을 흘려 넣었다.

그렇게 모든 저주가 마법처럼 해결되고 선 대리가 깨어나야 했다.

그런데 여기서 미처 예상하지 못했던 문제가 발생했다. 의식을 잃은 선 대리는 부활의 샘물을 전혀 삼키지 못했다. 나는 당황했다. 인터넷에 검색이라도 해봐야 하나 싶었지만 꿈속에는 스마트폰이 없었다. 아니, 그리고 애초에 의식이 없는 사람에게 물을 먹이는 방법 같은 게 검색될 리가 없지 않은가.

그럼 대체 이걸 어떻게 마시게 하지?

그 순간 세상에 단 한 잔뿐인 부활의 샘물이 선 대리의 입술 밖으로 새어 나오려 했다.

안돼!

내가 마음속으로 비명을 지른 직후 일어난 일은 그러니까 다급한 상황에서 발생한 너무나 필연적이고 불가피한 일이었다.

그때 하필 나의 왼손은 선 대리의 어깨를 받치고 있었고 오른손은 찻잔을 들고 있었다. 나는 양손이 자유롭지 않았으며, 때마침 나의 입술이 그녀의 연분홍빛 입술과 물리적으로 가까운 위치에 있었을 뿐이었다. 무엇보다 선 대리가 부활의 샘물을 그대로 뱉어내게 둘 수는 없었다.

그래서 나는 선 대리의 입술에 내 입술을 포갰다.

잔심(殘心). 입을 맞추고 결과를 기다리기까지의 짧은 시간. 그 짧은 시간이 나에게는 무한히 이어지는 영원과 같았고 휘몰아치는 폭풍과도 같았으며 어쩌면 따사로운 햇살 같았다. 나는 비로소 선 대리에 대한 내 마음을 아무리 해도 부정할 수 없다는 걸 알게 되었다. 그러니까 나는 선 대리를 내 모든 존재와 영혼으로 사랑하고 있었다.

꿈결 같은 시간이 흐르고 나니 호흡이 조금 달라졌다. 하지만 달라진 건 나의 호흡이 아니었다. 코끝을 간지럽히는 숨결에서 이전과 다른 생동감이 느껴졌다. 내 손에 닿은 선 대리의 몸이 어딘가 움직인 것 같기도 했다. 문득 나는 내가 눈을 감고 있었다는 사실을 깨달았다.

살며시 눈을 떴다.

그리고 눈과 눈이 마주쳤다. 나는 화들짝 놀라서 몸을 뒤로 뺐다. 그러면서 잡고 있던 선 대리의 몸을 갑자기 놓자 가녀린 몸이 힘없이 휘청거리며 쓰러지려 했다. 그걸 또 반사적으로 잡는다는 게 선 대리를 품에 안는 꼴이 되었다. 민망함에 천천히 손을 떼고 뒤로 물러났다. 얼굴이 화끈거렸다.

"언제부터 깨신 거예요?"

"아까부터요."

"아니, 그러니까 이건 부활의 샘물이 막 흘러나오는데, 제가 손은 없고 그걸 막으려다 보니까."

다급한 나의 변명을 듣던 선 대리는 빙글 웃으며 말했다.

"제 메시지가 무사히 전달되었나 봐요."

"네?"

"고마워요. 구하러 와줘서."

"아, 네."

형사를 통해 전달된 쪽지를 말하는 거였다. 그런데 생각해 보니 그 쪽지를 미리 써놓았다는 건 용 팀장에게 계속 생명의 위협을 받아 왔다는 의미였다. 언제 어떤 일을 당할지 모르는

160

상황이라고 생각했기 때문에 그 쪽지를 가방 속에 품고 다녔던 거겠지? 그렇게 생각하자 다시금 용 팀장에 대한 분노가 가슴 깊이 치밀어 올랐다.

선 대리는 일어나서 손목을 털고 가볍게 몸을 풀더니 말했다.

"그런데 좋았어요?"

"네? 뭐가요?"

"눈까지 감고 계시던데."

푸악! 내가 입 안에 있는 공기를 허공에 뿜어내며 물고기처럼 뻐끔거리는 걸 보며 선 대리는 즐거운 듯 웃었다. 그러더니 내 대답을 기다리지도 않고 그대로 오두막 문 앞에 섰다.

"자, 이제 모든 걸 끝내러 가죠."

양팔로 문을 확 열어젖히자 '태초의 바위'가 아까의 모습 그대로 눈앞에 나타났다. 선 대리는 폴짝 뛰어나가 바위 앞에 떨어져 있던 자신의 검을 주웠다. 그 움직임이 유난히 경쾌해 보였다. 몸도 마음도 이전보다 어딘가 가벼워진 것 같았다. 선 대리는 좌우로 바람 소리가 나도록 몇 번 검을 휘둘러 보더니 나를 돌아봤다.

"이 검의 이름이 뭔지 제가 알려드린 적 없죠?"

"네."

"이건 '최후의 불꽃'이에요."

그렇게 그 검은 태초부터 바위에 꽂혀 있다가 마침내 뽑힌 최후의 불꽃이 되었다.

그때 선 대리가 바라보는 방향에서 수풀이 들썩거렸다. 그리고 안개 낀 나무 사이로 마치 최후의 결전을 기다리기라도 한 것처럼 거대한 은빛 늑대가 나타났다. 오른쪽 눈을 상처 입었지만, 여전히 거대한 송곳니를 드러낸 그 모습은 위협적이었다. 늑대가 피 묻은 입술을 새빨간 혀로 날름 핥았다.

선 대리는 최후의 불꽃을 손에 쥐고 빙글빙글 휘두르며 자세를 잡았다. 그리고 늑대를 향해 낮고 분명한 목소리로 선언했다.

"나 이제 너 안 무서워."

선 대리가 그 말을 하는 순간 세계가 뒤틀리기 시작했다.

늑대의 목이 뱀처럼 꿈틀거리며 기괴하게 자라나 똬리를 틀었고 늑대의 이빨과 발톱은 가시나무처럼 사방으로 뻗어나갔다. 그동안 이 꿈을 지탱하던 물리법칙은 하나둘 사라지고 욕망과 무의식이 뒤섞인 원초적인 세계가 그 자리를 대체하고 있었다. 내가 서 있던 곳도 더 이상 숲인지 밤인지 알 수가 없었다. 그렇게 늑대는 이 저주받은 숲속의 어둠 그 자체가 되었다.

모든 형태가 해체된 그 우주 같은 공간을 보며 나는 알게 되었다. 이 꿈은 내 꿈이 아니라 선 대리의 꿈이었다. 나는 지금까지 선 대리의 꿈에 초대되어 선 대리의 무의식이 만들어 낸 공간을 함께 모험했다. 선 대리의 용 팀장에 대한 두려움과 고통은 드래곤과 숲이라는 개념으로 추상화되었고 마침내 선 대리가 자신의 잠재된 무의식과 온전히 마주하기로 결심한 순간 본모습을 드러내게 되었다.

선 대리가 두 팔을 뒤로 힘껏 당기자 검신에서 눈부신 불꽃이 타올랐다. 슬프고 따뜻하며 지금까지 봤던 그 어떤 찬란한 빛보다도 더 강렬한 불꽃이었다. 검신이 주변의 세계를 베어 나가자, 최후의 불꽃도 함께 춤을 추기 시작했다. 불꽃은 화려하게 타오르며 그것에 닿는 이빨과 발톱의 가시나무들을 모조리 태워버렸다. 가시나무는 점점 선 대리를 옥죄어 왔지만, 태양처럼 눈부시게 타오르는 불꽃 앞에서는 속수무책이었다. 그렇게 모든 숲을 태워버린 선 대리가 마지막으로 힘차게 검을 내질렀다.

마침내 최후의 불꽃이 늑대의 심장을 꿰뚫었다.


*


나는 꿈에서 깨어났다. 누구도 말해주지 않았지만, 나는 이것이 마지막 꿈이었음을, 일곱 숲의 모험이 모두 끝났음을 알 수 있었다.

나는 슬리퍼를 질질 끌며 욕실 거울 앞에 서서 부스스한 내 모습을 바라보았다. 그리고 언제 꿈을 꿨냐는 듯 세수를 하고 여느 때처럼 출근했다. 꿈은 꿈이고 출근은 출근이었다. 내가 간밤에 무슨 일을 겪었는지 따위는 회사에 전혀 중요한 일이 아니었다. 오직 내가 제시간에 출근하느냐 마느냐가 중요할 뿐이다. 나는 부장과 팀장 자리를 돌며 차례로 인사하고 자리에 가방을 던졌다.

"그거 들었어?"

자리에 앉자마자 미호 과장이 말을 걸었다. 들었을 리가. 이제 막 출근했는데. 내가 무슨 일이냐는 듯이 쳐다보자 미호 과장은 검지를 세우고 엄청난 비밀을 특별히 공유해 준다는 표정으로 말했다.

"선 대리님, 깨어났대."

"정말요?"

다행이었다. 이미 깨어날 거라 예감하고는 있었지만 실제로 소식을 듣자 한시름 놓으면서 깊이 안도할 수 있었다. 아침부터 좋은 소식을 물어다 준 미호 과장이 강남 제비처럼 고마웠다. 그래서인지 더 말을 붙이고 싶었다.

"과장님, 구환이랑은 잘 지내세요?"

"구환 씨? 잘 지내고 말고가 뭐 있어?"

갑자기 새초롬해진 미호 과장이 고개를 돌려 업무를 시작했다. 뭐지, 저 반응은? 내가 뭔가 실수한 건가? 나는 곧바로 구환에게 메신저로 말을 걸었다.

- 너 미호 과장님한테 무슨 짓을 한 거야?

- 아무 짓도 안 했는데?

- 그러면 왜 네 얘기를 했더니 반응이 영 이상하지?

- 아무 짓도 안 했으니까 그렇겠지.

- 그게 무슨 말이야?

- 내가 아무 짓이라도 해주길 기대하셨나 보지.

서로 다른 질문을 세 번 했는데 세 번 연속 '아무 짓'으로 답하다니 역시 범상치 않은 녀석이었다. 그걸 또 알아듣는 내가 신기했다. 나는 질문 방식을 바꿨다.

- 썸이라며. 주말에 만나기도 했고.

- 만났지. 밥도 먹고. 영화도 보고. 술도 먹고.

- 그건 완전히 데이트잖아. 그런데 고백은 안 했고? 그래서 그런 거 아니야?

- 그렇겠지?

- 어쩔 셈인데? 너 설마 인제 와서 회사 사람이랑 사귀는 게 두려워졌다거나, 사람들의 눈이 두려워졌다거나 그런 건 아니겠지?

- 그건 너고.

갑자기 훅 들어온 공격에 정신이 휘청거렸다. 내가? 두렵다고? 뭐가?

- 백현아. 세상에서 가장 쓸데없는 일이 뭔지 알아?

- 뭔데?

- 내 걱정이야. 난 알아서 잘하고 있으니 네 걱정이나 하셔.

그리고 껄껄 웃는 커다란 이모티콘이 날아왔다. 약아빠진 너구리 같은 녀석. 이 녀석은 도저히 말로 당할 수가 없었다. 그래. 내 주제에 누굴 걱정하고 있는 건지. 이 녀석은 프로다. 신입 때부터 인생 2회차 아니냐고 놀릴 정도로 유들유들한 자세로 모든 일에 능숙하게 대처해온 녀석. 오히려 구환의 말대로 걱정해야 할 건 회사도 연애도 아마추어인 나였다. 난 방금까지의 대화를 털어내듯 고개를 절레절레 흔들었다.

그날 오후, 그 사건이 일어났다. 사무실 입구의 유리문이 갑자기 열리더니 평소 이곳에 들락거릴 일이 전혀 없는 생경한 얼굴의 두 사람이 나타났다. 앞장서서 들어온 사람은 어느 정도 안면이 있던 인사부 직원이었다. 그리고 그 뒤를 따라 한 남자가 걸어들어오는 순간 사무실 전체가 술렁이기 시작했다. 이런 사무실에는 전혀 어울리지 않는, 오직 활동성과 실용성만을 추구한 듯한 옷차림, 짧게 자른 머리와 다부진 입매의 그 남자를 알아본 사람들이 수군댔다. '그때 그 형사 아냐?' 장기호 형사가 날카로운 눈으로 좌우를 살핀 후 뚜벅뚜벅 걸어가기 시작하자 누가 먼저랄 것도 없이 모든 사람의 시선이

단 한 곳에 꽂혔다. 누구보다 사무직에 어울리는 하늘색 셔츠에 세련된 금테 안경을 착용한 그 남자. 장기호 형사는 한 치의 오차 없이 모든 이들의 시선이 꽂힌 그곳에 도달해 수갑을 꺼냈다.

"용인랑 씨. 당신을 특수협박 및 특수폭행 혐의로 체포합니다."

그건 아마 살면서 다시 보기 어려울 정도로 극적인 장면이었다. 수갑이 채워진 용 팀장은 별다른 저항 없이 장 형사를 따라 사무실 밖으로 걸어 나갔다. 마치 얼굴에서 모든 표정을 지운 사람 같았다. 무수한 눈들이 용 팀장의 얼굴을 쫓았지만, 그의 표정에서는 어떠한 작은 감정도 느낄 수 없었다. 뒤에 알게 된 사실이지만 선 대리가 깨어나 피해자 진술을 하게 되면서 경찰 수사도 급물살을 타게 되었고, 혹시나 모를 도주나 증거인멸 시도를 막기 위해 그날 오후 용 팀장을 바로 구속한 거였다. 용의자 신분에서 피의자 신분으로 전환됐다나.

사건 직후 회사의 메신저 대화창이 폭발했다. 쥐 죽은 듯 고요한 사무실에는 오직 키보드 두드리는 소리만 요란했다. 평소 사람들의 선망을 받던 신사적인 마케팅 팀장의 어두운 이면은 지루한 회사 생활에 군침 도는 먹잇감으로 던져진 선정적인 소재였다. 사람들은 이 흥미로운 소재를 잘근잘근 씹고 뜯고 맛보고 즐겼다. 다음 날에도, 또 그 다음 날에도 사람들은 이날의 사건에 관해 얘기했다.

문제는 이 소문이 사내에만 퍼진 게 아니라는 점이었다. 용 팀장의 사건이 뉴스 기사로 보도되면서 이 지루한 세상을 살 아가는 더욱 많은 사람이 흥미를 느끼고 군침을 흘리기 시작 했다. 회사 이름이 공개되지 않았음에도 어떻게 알아냈는지 지인들에게서 연락이 왔다.

- 그거 너희 회사라며?

- 뭐가?

- 이 뉴스에 나온 사건.

- 글쎄. 난 잘 모르겠는데.

나는 지인들의 연락에 모르쇠로 일관했다. 선 대리가 겪은 고통을 그들의 얄팍한 호기심을 충족시키는 데 소모하고 싶 지 않았다. 무엇보다 정작 내가 사건에 관한 기사 제목만 봐도 열어보기가 두려웠다. '부하 직원 스토킹하고 감금 폭행', '청 테이프로 손발 묶고 사진 촬영', '헤어지면 나체 사진 유포 협 박', '인근 공터에서 목 졸려 의식불명'. 선 대리가 겪은 일은 내가 상상한 것보다 훨씬 더 끔찍한 것이었다. 그 끔찍함을 굳 이 자극적인 언어로 표현해 뭇사람들의 클릭을 유도하려는 기사들. 누군가에겐 흥미진진한 기사일지 몰라도 나에게는 한 문장을 읽어나가는 것조차 힘겨웠다. 선 대리가 겪었을 무 참한 고통을 생각하면, 그리고 그런 고통을 겪으면서도 내게 보여줬던 상냥한 미소를 생각하면 자꾸만 눈물이 왈칵 쏟아졌다.

회복과 수사를 동시에 감당하고 있을 선 대리가 걱정되었다. 그날 이후 더 이상 꿈을 꾸진 않았기에 나는 선 대리가 돌아오는 날만 손꼽아 기다렸다. 나에겐 선 대리의 연락처가 없었고 옆 팀 사람들에게 그녀의 연락처를 물어볼 용기도 없었다. 구환의 말대로 회사 사람들의 눈을 두려워하는 건 나인지도 모른다. 하지만 내가 지금, 이 시점에 모든 화제의 중심지인 선 대리의 연락처를 물어본다면 새로운 가십거리를 찾아 헤매는 회사의 하이에나들에게 자칫 먹잇감을 던져주는 행위가 될 수도 있었다. 선 대리를 위해서라도 자중해야 한다고 애써 명분을 만들었다. 여전히 선 대리와 나는 꿈에서만 아는 사이였고 현실에선 아무 사이도 아니었다.

그렇게 일주일이 지나고 유난히 눈부신 출근길이었다. 여느 때처럼 지하철역으로 걸어가다 문득 무언가 풍경이 달라졌다는 걸 깨달았다. 카페 주인이 가게 앞 길거리를 빗자루로 청소하고 있었고 조깅을 하는 사람들의 얼굴에 새벽의 푸른 어스름이 드리우고 있었다. 지난주까지만 해도 이 시간에 이렇게까지 환하지는 않았던 것 같은데…. 다시 계절이 바뀌고 있었다. 밤이 짧아지고 낮이 길어지는 계절.

평소처럼 사무실에 들어서는데 공기부터가 어제와 사뭇 달랐다. 사람들이 어딘지 모르게 부산했고 무엇보다도 다들 누군가를 몹시 의식하고 있었다. 그리 어렵지 않게 나도 그 시선의 중심에 누가 있는지 발견할 수 있었다. 내가 꿈꾸던 그 사람. 지난 일주일간 연락도 못 하고 매일 밤 가슴 시리게 애태우며 오직 출근하는 날만을 손꼽아 기다려 온 그 사람. 선설아 대리가 자리에 서서 책상 위에 쌓인 먼지를 닦아내고 있었다.

선 대리의 얼굴을 보자마자 나도 모르게 심장이 벌렁거리며 빠르게 뛰기 시작했다. 다시 마주치게 되면 무슨 말부터 꺼내야 할까 수없이 반복해서 고민해 왔지만, 그 어떤 시뮬레이션도 실재하는 그녀 앞에서는 무용지물이 되었다. 마치 꿈속에서처럼 반가운 마음에 주변의 시선을 의식할 겨를도 없이 선 대리에게 곧장 다가갔다.

"대리님, 괜찮으세요?"

다짜고짜 던진 질문에 선 대리는 깜짝 놀란 표정으로 나를 돌아봤지만 이내 웃으며 주먹을 불끈 들어 보였다.

"그럼요. 팔팔합니다."

대답하는 선 대리의 목에 하늘거리는 스카프가 매어져 있었다. 나와 꿈에서 약속했던 주황색 스카프. 그 스카프로 인해 나는 한 번 더 용기를 낼 수 있었다.

"커피 한잔하실래요?"

선 대리는 주변의 쏟아지는 시선에도 조금의 망설임조차 없이 답했다.

"좋아요."

아마도 같은 마음이었던 것 같다. 보고 싶었던 것은. 막상 저지르고 나자, 그동안 뭐가 그리 무서워서 연락처조차 물어보지 못했는지 나 자신이 무척 한심하게 느껴졌다. 나의 선 대리는 이렇게나 용감한데. 꿈에서도, 현실에서도.


그날 이후 나와 선 대리의 사이는 부쩍 가까워졌다. 한 번씩 번갈아 가며 서로에게 모닝 커피도 사주고, 매주 한 번 정도는 점심을 같이 먹기도 하고, 또 가끔은 저녁에 맥주도 마시고 그랬다. 우리는 언제나 꿈속에서 일곱 숲을 함께 모험했던 추억에 대해 즐겁게 얘기를 나눴지만 정작 그 꿈을 지배했던 드래곤에 대해서는 일절 언급하지 않았다. 그건 우리가 대화할 때 지켜야 할 작은 규칙 같은 거였다. 선 대리가 언젠가 드래곤에 대해 아무 거리낌 없이 얘기할 수 있을 때까지 기다려줘야 한다고 생각했다. 몇 가지 마음에 걸리는 것들만 제외하면 이맘때가 나에게는 곧 다가올 봄처럼 따뜻하고 행복한 시간이었다. 언제 어떻게 사귀자고 말해야 하나 하는 정도가 이 무렵 나의 가장 큰 고민이었다.

한번은 선 대리에게 근사한 저녁 식사를 대접하고 싶어 큰 맘 먹고 회사 앞에 새로 생긴 제법 비싼 레스토랑에 갔다. 처음 가는 곳이라 SNS에서 미리 예습을 마치고 창밖으로 보이는 야경이 예술이라는 테라스 룸으로 예약했다. 분수대가 있는 예쁜 정원이 딸린 고풍스러운 벽돌 건물이었다. 정원의 연못에는 달빛이 비치고 있었다. 소원을 이루어 줄 것 같은 둥근 보름달이었다. 연인들에게 인기가 많은 데이트 코스라고 했다. 말하자면 여기를 예약한 사람들은 다들 연인이거나, 연인이 될 사람들이란 말이지. 그렇게 생각하며 주변을 돌아보니 식당에 들어온 사람들이 죄다 커플로 보였다. 건물 입구에 있는 거울에 우리 모습이 비쳤다. 우리도 다른 사람들 눈에 커플처럼 보일까?

"예약자분 성함이 어떻게 되시죠?"

"문백현이요."

직원의 안내에 따라 안쪽으로 곧장 들어갔더니 눈앞에 두 개의 문이 보였다. 어느 쪽이지? 내가 다시 직원을 돌아보려는 찰나 선 대리가 망설임 없이 왼쪽 문을 열었다. 그리고 나는 두 눈을 의심했다. 방 안에는 구환과 미호 과장이 한껏 꾸미고 자리에 앉아 있었다. 더욱 가관인 건 미호 과장이 마침 구환의 입에 포크로 음식을 먹여주고 있었다는 점이다. 두 사람이 동시에 이쪽을 돌아봤다.

"오잉? 너 뭐냐?"

구환이 포크를 입에 물고 말하자 미호 과장이 아이처럼 까르르 웃었다.

"딱 걸렸네."

"딱 걸리긴 저쪽이 딱 걸린 거죠."

미호 과장이 다시 한번 까르르 웃었다. 직원이 황급히 다가와 우리는 그 옆 방이라고 안내했다. 구환이 능글맞게 머리 위로 크게 손을 흔들었다.

"즐거운 시간 보내세요!"

우리는 오른쪽 문을 열고 원래 예약된 방에 들어와 자리에 앉았다. 누가 먼저랄 것도 없이 웃음이 터졌다. 하필 그들의 바로 옆 방을, 심지어 같은 날에 예약하다니! 그렇게 한참을 웃은 선 대리가 말했다.

"꼭 누구 꿈에서 봤던 장면 같네요."

나도 선 대리가 말한 것과 같은 꿈을 떠올렸다. 신기하게도 그랬다. 이번엔 꿈이 먼저고 현실이 나중이었다.

"결국 그건 대리님의 꿈이었던 거죠?"

나의 질문에 선 대리가 내 눈을 지긋이 바라봤다.

"아뇨. 저의 꿈은 일곱 숲이었어요. 그러니까 숲의 경계 바깥은 주임님의 꿈이었던 거예요. 그 꿈속에서 늑대가 아닌 것들은 모두 주임님이 데리고 온 동물들이에요. 예를 들면 너구리나 여우 같은 거?"

그렇게 말한 선 대리는 너구리나 여우라는 단어가 재미있다는 듯이 키득키득 웃었다. 하지만 나는 귀를 의심했다. 선 대리가 그날 이후 처음으로 늑대에 관해 얘기했다. 그 단어는 우리 대화에서 철저히 금기였는데. 이제는 말할 수 있게 된 걸까? 그렇다면 나도 오늘은 그동안 하지 못했던 말을 해도 되는 걸까?

예쁜 플레이트에 담긴 음식이 테이블 위에 하나씩 자리를 잡아가자, 내 마음도 점점 떨리기 시작했다. 선 대리는 내 마음을 아는지 모르는지 음식 하나하나에 탄성을 지르며 오물오물 맛있게도 먹었다.

나는 매 순간 당신을 좋아한다고 말하고 싶은데. 당신의 목소리, 작은 손짓, 나를 향한 미소와 눈빛 하나하나까지 그 모든 게 너무나 좋아서 심장이 터져버릴 것 같다고 말하고 싶은데. 선 대리는 음식이 입 안에서 녹아내리는 것 같다는 둥 다시 생각하니 구환이 너구리와 정말 닮았다는 둥 다른 생각을 할 여유가 넘쳐나는 것처럼 보였다.

사실 나는 그 값비싼 음식들이 무슨 맛인지 느낄 여유가 없었다. 번번이 엉뚱한 말을 내뱉고 수습하기를 반복하다 보니 음식이 입으로 들어가는지 눈으로 들어가는지도 모를 지경이었다. 결국 언제 말을 꺼낼지 망설이기만 하다가 고백의 타이밍을 잡지 못하고 밖으로 나왔다. 이대로 헤어지기가 아쉬워 고작 꺼낸 말이 이거였다.

"잠깐 걸을까요?"

"좋아요."

대답과 함께 장난치듯 폴짝 뛰어가는 선 대리를 쫓아갔다. 일렬로 늘어선 가로등의 빛과 어둠이 차례로 교차하는 청명한 밤거리를 나란히 걷던 우린 가끔 어깨를 부딪쳤다. 날이 많이 풀렸지만, 밤공기는 아직 찼다. 얇은 카디건만 걸친 선 대리에게 겉옷을 벗어주고 싶었지만, 아직 벗어줄 사이는 아닌 것 같아서 또 망설였다. 이 망설임을 오늘은 꼭 끝내고 싶었다. 발길은 우리를 한강으로 이끌었다. 제법 멀리까지 왔구나. 저 앞에 작은 벤치가 보였다.

"저기 앉을까요?"

"좋아요."

그러고 보니 현실의 선 대리는 나에게 단 한 번도 싫다는 말을 한 적이 없었다. 커피를 마시자 해도 좋다, 밥을 먹자 해도 좋다, 걷자고 해도 좋다, 앉자고 해도 좋다…. 그렇다면 내가 좋아한다고 말해도 되지 않을까? 나는 고개를 돌려 선 대리를 바라보았다. 그녀는 한강을 바라보며 바람에 흔들리는 머릿결을 쓸어 넘기고 있었다.

"대리님, 저 대리님에게 꼭 할 말이 있어요."

그러자 선 대리가 나에게 눈을 맞추더니 느닷없이 검지손
가락을 내 입술에 갖다 댔다.

"아뇨. 주임님. 그 말을 듣기 전에 오늘은 제가 먼저 할 말이
있어요."

그녀의 손가락이 내 입술에 닿자 나는 마법에 걸린 것처럼
아무 말도 할 수 없게 되었다. 그렇게 선 대리는 금기시되던
언어를 입 밖으로 꺼냈다.

"생각해 보면 전조증상이 있었어요. 그 사람은 제 옷차림이
나 화장에도 민감했죠. 립스틱 하나 새 걸로 바꿔도 금세 알아
채고 대체 누구에게 보여주려는 거냐며 화를 내곤 했어요. 그
땐 날 좋아해서 그런가보다 생각했지요."

나는 숨을 삼켰다. 가만히 들어야만 하는 이야기였다.

"한번은 짧은 치마를 입고 출근했더니 옷이 그게 뭐냐며 차
라리 다 벗고 다니라고 소리를 지르면서 물건을 던졌죠. 회의
실이었어요. 던진 건 커피 포트였고요. 이건 그때 난 상처예
요."

선 대리는 치마를 걷어 무릎의 흉터를 보여줬다.

"처음으로 저에게 신체적 폭력을 행사한 날이었죠. 저도 너
무 화가 나서 그날은 대꾸도 안 해줬더니 집 앞까지 꽃다발을
사 들고 와 밤새 무릎 꿇고 사과하더라고요. 아까는 제정신이
아니었다고. 한 번만 용서해 달라고. 그래서 용서해 주기로 했

어요. 그래서는 안 되는 거였는데. 그날의 용서가 그 사람의 폭력에 대한 일종의 면죄부 같은 게 되어버렸나 봐요. 그날 이후 툭 하면 손이 먼저 나가기 시작했죠. 그리고 사과하고. 악순환이 시작된 거예요."

검은색 한강 위로 흐르는 도시의 불빛이 선 대리의 눈동자 안에서 반짝였다. 선 대리의 눈이 한 치의 흔들림 없이 계속 나만을 바라보고 있었기에 나도 그 눈동자에서 시선을 뗄 수 없었다. 살면서 이렇게 오랫동안 누군가와 눈을 맞춰본 적이 있었을까.

"특히 내가 다른 남자 직원들과 밥을 먹거나 얘기하는 걸 극도로 싫어했죠. 가끔 업무적으로 만나는 상황이 생기더라도 벽을 치고 욕을 하면서 제가 맞을 짓을 했다고 얘기했어요. 그날도 별거 아니었는데 내가 탕비실에 커피 마시러 가는 걸 보고 뒤따라왔다가 주임님과 같이 있는 걸 보더니 폭발해 버렸죠."

그건 나에게도 기억에 남는 날이었다. 탕비실 창가에 한 폭의 그림처럼 서 있던 선 대리의 눈부신 모습에 속절없이 반해버렸던 날.

"그걸 다음 날까지 계속 벼르고 있다가 갑자기 무슨 미팅을 준비한다는 핑계를 대면서 회의실로 끌고 가더라고요. 그리고 주임님에게 눈웃음을 쳤다느니 어쩌고 하면서 또 막 때리

기 시작하는 거예요. 그러고도 분이 안 풀렸는지 야근하라고
하길래 집으로 도망갔더니 이번엔 가족들에게 사진을 보낼
거라고 협박했어요."

순간 입에서 욕설이 튀어나올 뻔했다. 도저히 용서가 안 되
는 질 나쁜 인간, 아니 질 나쁜 늑대였다.

"결국 회사로 다시 돌아와서 또 맞았죠. 그러다 도저히 못
참겠기에 회의실 밖으로 도망치려고 하는데 뒤에서 문을 세
게 닫는 바람에 손이 끼어버렸어요."

그날 꿈에서는 늑대에게 손을 물리셨고요. 그날의 고통이
느껴져 마음이 너무 아팠다. 나 때문에 다쳤던 거였어. 나는
선 대리의 왼손 위에 가만히 내 오른손을 올렸다.

"가장 역겨운 건 사람들 앞에서는 나한테 잘해주는 척 연기
한다는 거예요. 둘이 있을 때만 돌변했죠."

"헤어질 순 없었나요?"

"여러 번, 정말 여러 번 시도했어요. 제가 헤어지자고 하면
처음엔 애원했죠. 자기를 버리지 말라며, 정말 화가 나서 실수
를 한 거고 반성하고 있으니 이번 한 번만 용서해 달라고. 그
러고 나서는 내 핑계를 댔어요. 자기는 나를 너무나 사랑하는
데 내가 자꾸 차갑게 대하고 다른 남자들에게 눈길을 주니까
자기도 화가 났던 거라고. 그 말을 듣고 약간은 미안하기도 하
고 불쌍하기도 했던 것 같아요. 그런 마음 가지면 안 되는 거

였는데."

선 대리가 두 눈을 질끈 감았다. 작은 손이 주먹을 꽉 쥐는 게 느껴졌다.

"내가 연민 비슷한 감정을 느끼는 걸 눈치챘는지 그 이후론 계속 결혼하자고 하더군요. 그러면 자기도 안심하고 새사람이 될 수 있다며. 더는 너를 의심하지 않을 수 있다고. 믿을 수는 없었죠."

누구라도 그 말을 곧이곧대로 믿을 순 없었을 거다.

"무엇보다도 이미 제 마음은 그 사람을 떠났으니까, 결혼은 커녕 연애를 지속하는 것조차 쉽지 않았어요. 그렇게 제가 자꾸 결혼 얘기를 미루니까 반대로 그 사람의 집착은 점점 심해졌고요. 그 무렵에는 헤어지자고 하면 폭력부터 행사했어요. 헤어지면 가장 먼저 나를 죽여버리고 자기도 따라 죽을 거라는 식으로 말했죠."

거기서 잠깐 말을 멈춘 선 대리는 소름이 끼치는 듯 몸을 한 번 부르르 떨더니 손등에 올려진 내 손을 꼭 잡고 말했다.

"지옥이었어요."

나는 숨조차 함부로 쉴 수 없었다. 침도 마음대로 삼킬 수 없었다. 오직 그 작은 손을 맞잡아 주는 것 말고는 아무것도 할 수 있는 게 없었다.

"돈을 벌어야 하니까 회사는 계속 다녀야 하는데 이 사람은 회사에서는 내 팀장이고, 내 개인정보와 가족, 지인들의 연락처, 그리고 내 자취방이 어디인지까지 다 알고 있었죠. 어떻게 해야 이 사람을 잘 설득해서 안전하게 헤어질 수 있을까. 어떻게 해야 이 사람에게서 죽지 않고 벗어날 수 있을까. 아무리 고민해도 정답을 찾을 수 없었고 누구에게도 도움을 요청할 수 없었죠. 그땐 모든 게 무서웠어요. 바보 같이…. 그래서 꿈을 꿨어요."

매일 밤 찾아온 무서운 악몽의 뒤에는 더 무서운 현실이 있었다. 나에겐 그저 도망쳐 나오고 싶은 꿈이었는데, 선 대리에게는 그 꿈이 마지막 희망의 도피처였다.

"그런 사람이랑 왜 사귀었냐고요? 가족들도 그렇게 묻더라고요. 저한테 대체 왜 그랬냐고. 그건 나도 궁금해요. 내가 왜 그랬을까. 그때 자기를 버리지 말라고, 나 없으면 죽을 것 같다고 할 때 조금의 연민조차 품지 말았어야 하는 건데. 그냥 죽겠다고 할 때 죽어보라고 해야 했던 건데. 왜 스스로 이 지옥의 구렁텅이에 뛰어들어 버렸을까."

선 대리는 이제 흐느끼듯 울부짖고 있었다.

"그 남자랑 잤냐고요? 그래요, 잤어요. 바보 같이 처맞으면서 잤어요."

"그렇게 자신을 비하하듯 말하지 말아요."

선 대리의 표정이 무너지는 것을 보자 늑대가 내 마음을 갈

기갈기 찢어놓는 것 같았다. 나는 쉰 소리로 신음했다.

"대리님 잘못이 아니에요."

그러자 선 대리가 두 눈을 동그랗게 떴다. 잠시 후 그 맑고 투명한 눈동자에서 별빛 같은 눈물이 한 방울 툭 흘러내렸다.

"그 말이 듣고 싶었나 봐요."

나는 손가락으로 뺨을 타고 흐르는 눈물을 닦아주고는 선 대리의 등을 토닥거렸다.

"대리님. 고마워요. 그 꿈에 나를 불러줘서."

"제가 인생에서 제일 잘한 일 중 하나가 주임님을 꿈속에 부른 거예요. 저도 고마워요. 저의 꿈에 들어와 줘서."

반짝이는 불빛이 다시 한강에 흐르고 있었다.


그날 밤 원룸에 돌아와 침대에 눕고 나서야 깨달았다. 결국 고백을 못 했구나.

하지만 애가 타거나 답답하진 않았다. 오히려 무언가 막혔던 게 뻥 뚫린 것처럼 시원했다. 선 대리가 먼저 용기를 내서 나에게 어려운 얘기를 꺼냈고, 지금은 그녀의 상처를 치유하는 게 무엇보다 우선이었다. 난 내 입술에 닿았던 선 대리의 손가락에 대해 생각했다. 내가 할 말이 있다고 했을 때 막은 걸로 봐서 아마도 선 대리는 내가 하려던 말을 짐작했던 것 같다. 고백은 나중에 그녀가 새로운 사랑을 할 수 있는 준비가 되었을 때 해도 늦지 않다, 라고 생각했다.

그 생각이 완전히 잘못된 생각이었다는 것 깨닫는 데에는 그리 오래 걸리지 않았다. 불과 며칠 뒤 구환이 뜬금없이 저녁에 술 한잔하자고 했다.

"네가 알아야 할 얘기가 있어."

그건 선 대리에 관한 얘기였다. 구환은 어묵탕 하나에 소주만 앞에 놓고서 어렵게 말을 꺼냈다. 구환의 말에 따르면 진실에 거짓을 적당히 버무린 그럴듯한 가짜 소문이 회사를 유령처럼 떠돌아다니고 있었다. 물론 회사 사람들이 용 팀장과 선 대리의 일에 대해 뒤에서 신나게 떠들고 있는 게 어제오늘 일은 아니었지만, 최근에 도는 소문에는 이상한 내용이 섞여 있어서 걱정인 거였다.

"어떤 소문인데?"

"예를 들면 선 대리님이 먼저 꼬리를 쳤다거나,"

"함정을 파고 유인한 건 그 빌어먹을 꼬리 달린 늑대라고!"

"꼬리 달린 늑대?"

"됐고. 또?"

"용 팀장 눈을 찌른 걸로 봐서 독한 여자라고."

"그러면 피해자는 생명의 위협을 느껴도 가만히 당하고만 있어야 하냐? 정당방위 몰라?"

"맞지. 네 말이 다 맞아. 나도 똑같이 반박했어. 그런데 말이야."

"뭔데? 왜 자꾸 너답지 않게 뜸을 들이는데?"

"소문 중에 네 얘기도 있더라고. 결국 딴 남자 만나려고 그랬다고."

"뭐? 딴 남자?"

"그래. 딴 남자."

"그 딴 남자가 나야?"

"어. 그래서 내가 그 사람 때렸어. 학교 선배였는데."

어안이 벙벙했다. 그 소문인지 오물인지의 덩어리에 나도 한 자리를 차지하고 있었다니. 화가 나기보다는 미안한 마음이 먼저 들었다. 선 대리가 요즘 나랑 커피를 마시고 식사를 하는 게 다른 사람들 눈에는 그렇게 보일 수도 있겠구나 싶었다. 결국 내가 선 대리에 대한 나쁜 소문이 도는 빌미를 제공한 셈이었다.

물론 억울했다. 왜 극악무도한 범죄를 저지른 가해자보다 무참하게 당하기만 한 피해자가 소문의 중심에 서야 하는가. 소문을 옮기는 대다수의 직원들은 내가 발끈해서 따지고 들면 그저 '아니면 말고'라는 식이었다. 사람들은 2차, 3차 가해를 별다른 죄의식 없이 아무렇지도 않게 저질렀다. 그들이 떠드는 말은 대부분 어디 가서 분리수거조차 되지 않을 쓰레기에 가까웠다. 무책임하게 던져보고, 아니면 버리고.

많은 사람들이 소문을 떠들어 대느라 신이 났지만, 기실 지금 회사에서 가장 즐거운 사람은 고 팀장이었다. 그는 강력한 경쟁자의 자멸에 가까운 몰락에 한껏 고무돼 있었다. 팀장이 공석인 옆 팀의 업무에까지 관여하며 마치 자기가 차기 부장이라도 된 양 오지랖을 떨었다. 예전보다 관대하게 결재 서류를 검토한다는 게 한 가지 새로 생긴 장점이라면 장점이었다. 어차피 깐깐하게 검토할 때도 결과물에 큰 차이는 없었다. 오히려 쓸데없는 보고에 신경을 집중하지 않아도 되자 일은 더 잘 굴러갔다.

그날은 특히 매월 작성하던 품의서에 숫자만 바꿔넣은 거라 큰 고민 없이 가져갔다. 아니나 다를까 제대로 보지도 않고 대뜸 사인부터 했다. 예전 같으면 지엽적인 단어 하나, 토씨 하나부터 따지고 들었을 텐데 확실히 편해졌다고 생각하며 무심히 돌아서려 할 때였다.

"문 주임, 선 대리와 너무 가깝게 지내지 마. 요즘 소문이 안 좋아."

오지랖이 선을 넘었다. 순간 울컥 올라오는 감정을 참지 못하고 소리를 빽 질러버렸다.

"무슨 소문인데요? 저도 한번 들어봅시다."

고 팀장은 내가 발끈해서 큰 소리를 내자 당황했는지 말끝을 흐렸다.

"아니, 난 문 주임이 걱정돼서 그러는 거지."

"제 걱정하실 시간 있으면 팀장님 걱정이나 하세요."

그렇게 홱 돌아서서 자리로 오는데 주변의 시선이 따가웠다. 옆 팀에서도 나를 쳐다보고 있었다. 볼 테면 보라지, 하고 당당히 시선을 돌리다가 그만 선 대리까지도 나를 보고 있다는 걸 깨닫고 아차 싶었다. 그 눈빛이 어딘가 슬퍼 보였다.


그날 이후로도 나는 싸움닭처럼 소문에 맞서 싸웠다. 하지만 파도처럼 밀려드는 소문은 끝이 없었다. 하나의 소문이 끝나면 또 다른 소문이 그 자리를 차지했다. 쌓아도 쌓아도 무너지는 모래성을 다시 쌓는 것 같은 싸움을 나는 계속했다.

나는 현실에서도 거울의 방패를 세우고 싶었다. 거울의 방패로 사방에서 날아드는 모든 공격들을 반사하고 선 대리를 지켜주고 싶었다. 그 모든 더러운 소문이 선 대리의 귀에 들어가지 않기만을 바랐다. 그래서 선 대리를 만날 때면 애써 밝은 표정을 지었다. 영화도 보고 산책도 가고 예쁜 카페나 식당을 다니며 선 대리의 나쁜 기억을 지워주기 위해 노력했다. 하지만 그런 건 모두 정답이 아니었던 모양이다.

얼마 못 가서 선 대리는 차가워졌다. 우리 사이는 틀어질 이유가 없었지만, 주변의 시선이 그렇지 않았다. 선 대리는 남들 앞에선 서운할 정도로 나에게 사무적으로 대했다. 그나마 둘만 있을 때는 여전히 나에게 따뜻한 미소를 보여준다는 게 위안이라면 위안이었다. 그녀도 소문을 들은 게 틀림없었다.

날이 갈수록 선 대리에 대한 나의 마음은 더욱 단단해졌지만 선 대리는 조금 지쳤던 것 같다. 길 건너로 회사 건물이 보이는 한 카페의 옥상에서 어느 날 문득 선 대리가 말했다.

"커피 맛 어때요?"

선 대리가 추천한 커피였다. 난 한 모금 마시고는 혀를 내두르며 솔직한 감상을 말했다.

"으. 저한텐 좀 시네요."

그런 내 모습이 우스웠는지 선 대리가 입을 가리고 쿡쿡 웃었다.

"제가 아는 한 회사 근처에서 산미가 가장 강한 커피예요. 그거 알아요? 커피의 산미는 발견된 맛이래요. 그전까지 커피는 오직 쓴맛인 줄 알았는데 신맛이 있다는 걸 알게 된 거죠. 전 산미 있는 커피를 좋아해요. 혀끝을 콕콕 찌르는 것처럼 날카롭거든요. 한번 그 맛을 알게 된 이상 이전으로 돌아갈 수가 없더라고요."

커피 잔을 탁자에 내려놓는 선 대리의 손등이 내 손등을 슬쩍 스쳤다. 그녀가 의미심장하게 말했다.

"맞아요. 한번 알아버린 이상 이전의 세계로는 영원히 돌아갈 수 없어요."

선 대리는 무엇을 어디까지 알아버린 걸까. 난 다시 입에 잔을 대고 커피를 한 모금 마셨다. 혀 끝이 찌릿했다.

"그 사람이 오늘 반성문을 제출했대요. 법원과 인사부에. 웃긴 게 뭔지 알아요? 그 반성문을 내가 볼 수 없다는 거예요. 법원도 나에게 반성문을 함부로 공개해 줄 수 없다고 하고, 인사부도 인사부장 친전으로 온 거라 나에게 보여주긴 곤란하대요. 반성문을 두 군데나 제출할 정성이 있는 사람이 정작 나에게는 반성문은커녕 사과 한마디 없네요. 그런 사람이 정말 반성한다고 할 수 있을까요? 그 반성문 안에는 대체 어떤 반성이 담겨 있는 걸까요?"

"반성이 아니라 변명이 담겨 있겠죠."

내가 대답했다.

"아마 그럴 거예요. 하지만 내가 그 반성문을 볼 수 없다면 그 반성문의 진정성에 대해 반박할 기회도 영원히 없는 거예요. 심지어 그 반성문에서 말도 안 되는 사랑 타령을 하거나 나를 나쁜 여자로 묘사하더라도 나는 알 길이 없어요. 회사에 떠도는 소문도 마찬가지예요. 분명히 세상에 존재하지만, 정확히 무슨 소문이 돌고 있는지 당사자는 알 수가 없고, 따라서 반박할 기회는 영원히 주어지지 않죠."

선 대리의 조그만 입술에서 쏟아지는 언어가 날이 선 칼날 같아서 스치기만 해도 베일 것 같았다.

"보통 사람들은 언어가 물질이 아니라고 생각하죠. 눈에 보이지 않고 형체도 없으니까요. 하지만 우리에게 물리력을 행사하는 것을 물질이라고 정의할 때 언어는 분명한 물질성을 가지고 있어요. 인간은 언어라는 틀로 자기 생각을 제한하고, 또 행동을 규정하죠. 언어로 계약하고 취업도 해요. 월급, 매출, 카드값, 대출 같은 것도 모두 인간을 속박하는 데 사용되는 언어의 일종이죠. 높은 사람들은 말 한마디로 벌판에 도로를 만들거나 건물을 지을 수도 있어요. 법이라는 것도 결국 인간이 만든 언어에 불과하죠. 하지만 그 법에 따라 어떤 사람은 감옥에 가고 어떤 사람은 상처받아요. 그래요. 언어는 물질이에요."

꿈속에서 언어로 물질을 창조하던 선 대리는 그 말을 끝으로 회사를 떠났다. 퇴사에 필요한 최소한의 행정절차를 수행할 부서장과 인사부의 몇몇 직원들 외에는 그 누구에게도 알리지 않았다. 선 대리의 요청에 따라 회사는 소리 소문 없이 그녀를 조용히 지웠다. 회사의 이해관계도 맞아떨어졌던 것 같다. 널리 알려져서 좋을 건 없었고, 회사는 원래 그런 곳이니까.

정작 나는 그날이 선 대리와의 마지막 날일 거라고는 전혀 예상하지 못했다. 알았다면 절대로 그렇게 보내지 않았을 것이다. 돌연 퇴사한 선 대리는 나의 연락도 받지 않았다. 뿐만 아니라 내가 아는 그 누구에게도 어디로 간다는 말 한마디 남기지 않았다. 그 점이 가장 고통스러웠다.

직접적으로 말하지는 않았지만 주변 사람들의 언어가 날카로운 가시가 되어 선 대리에게 돌이킬 수 없는 상처를 입힌 것이 분명했다. 나는 주변 사람들의 위로를 받았지만 하나도 위로가 되지 않았다. 이번에도 지켜주고 싶었지만 실패했다.

거울의 방패는 현실에서도 깨졌다.

*

미호 과장이 반갑게 손을 흔들었다. 나에게 흔든 건 아니었다. 저 멀리서 하얀 반소매 니트를 입은 직원 하나가 목에 건 사원증을 찰랑거리며 환한 얼굴로 인사했다. 선 대리와 제법 친했던 입사 동기라는데 나와는 초면이었다. 선 대리가 떠난 후 내가 줄곧 침울해 하자 그 모습이 걱정된 구환과 미호 과장이 나름대로 신경 써서 자리를 마련해준 거였다.

"회사가 떠오르지 않을 만큼 아주 먼 곳에서 카페를 하나 차리고 싶다고 했어요. 설아가 바리스타 자격증도 있었거든요."

아마 그 카페에서는 산미가 강한 커피를 팔 것 같았다. 친했다는 동기도 퇴사 이후 선 대리와 연락이 끊긴 것은 마찬가지였다. 그녀에 관해 별다른 정보나 소식을 가지고 있지는 않았다. 가만히 얘기를 듣던 구환이 내 어깨를 툭툭 쳤다.

"너무 실망하지 마. 전국 카페 투어라도 하다 보면 언젠간 인연이 닿을 수도 있겠지."

무책임한 너구리 같은 말이긴 했지만 애초에 큰 기대를 안 했기 때문에 큰 실망도 하지 않았다. 회사가 떠오르지 않을 만큼 먼 곳의 카페가 어디 대한민국에 한두 곳이겠는가. 그렇게 해서 만날 인연이라면 카페 투어를 하지 않아도 만날 터였다.

선 대리는 회사에 그 어떤 흔적도 남기지 않고 새벽 안개처럼 사라져 버렸다. 그녀도 회사를 잊고 회사도 그녀를 잊으면 그만인 거였다. 오직 잊지 못하는 사람만이 문제였다. 미호 과장이 사는 점심을 먹고 이런저런 얘기를 나누다 커피를 하나씩 들고 부랴부랴 사무실에 돌아왔다. 그러고는 아무 일 없었다는 듯이 주어진 자리에 앉아서 주어진 일을 다시 시작했다. 어느 하나 새로울 것 없는 평범한 회사원의 삶. 카페 점원이 어떤 원두로 드릴까요, 물었을 때 산미 있는 걸로 달라고 답하게 되었다는 정도가 내 삶의 소소한 변화라면 변화였다.

"역시 사귀자고 했어야 하나?"

거울을 보며 양치하다가 저절로 이 말이 새어 나왔다. 인생에서 다시 오지 않을 타이밍을 내가 어리석어서 놓쳐버린 것만 같았다. 나는 밤만 되면 깊은 우울증에 빠졌으며, 때때로 아니 자주 회사를 원망했다. 하지만 그렇다고 해서 회사를 그만둘 만큼의 배짱은 없었다. 그러면 결국 다시 나 자신을 자책하고 원망하는 것으로 하루가 마무리되곤 했다. 늦은 밤 울컥선 대리 생각이 날 때면 잠들지 못하고 뜬눈으로 밤을 지새우는 날이 점점 늘어났다.

불면증으로 일상생활이 불가능한 지경에 이르자 결국 견디지 못하고 며칠간 휴가를 냈다. 낮과 밤이 바뀌기가 일쑤라 도무지 일을 할 수가 없었다. 눈 밑에 다크 서클이 잔뜩 내려와 이러다간 내가 너구리가 될 판이었다. 근태를 신청하자 고 팀장이 휴가 때 뭐 할 거냐고 물었다. 그냥 쉬려고요, 대답하고 돌아오는데 어쩐지 기분이 나빴다. 휴가 때 뭐 할 건지는 대체 왜 물어보는 거야? 꼭 뭘 하려고 내야 되는 거야? 그냥 내고 나서 뭘 할지 생각하면 안 되는 거야?

그리고 휴가 첫날 늦은 오후, 나는 그만 충동적으로 정신과를 찾고 말았다. 이번 휴가 일정에 전혀 고려하지 않았던 옵션이었다. 밥은 먹고 살아야 했기에 고픈 배를 이끌고 휘적휘적 집 밖으로 나섰다가 공교롭게도 김밥집 건물 3층에 있는 정신과 간판이 하필이면 눈에 들어온 것이다. 다음 순간 나는 나도 모르게 엘리베이터를 타고 있었다. 엘리베이터에 같이 탄 사람이 많았다. 3층인데 그냥 걸어갈 걸. 괜히 눈치가 보였다. 심지어 3층에서는 나 혼자 내렸다. 등 뒤에 쏟아지는 시선이 어쩐지 따갑게 느껴졌다. 종일 침대에서 굴러다니다 나온 부스스한 폐인의 몰골로 밥도 안 먹고 정신과를 방문하고 있는 모습을 세상에 들켜버린 것 같았다.

데스크에 진료를 접수하고 나자 비로소 무슨 짓을 저지른 건지 실감이 나기 시작했다. 한창 드래곤의 숲을 모험하는 꿈을 꿀 때도 찾지 않았던 정신과를 그 모든 꿈이 끝나고 나서야 찾게 되다니. 계획성 없는 휴가가 이렇게 위험한 거다. 그렇게 생각하며 혼자서 히죽 웃을 여유가 남아 있는 걸 보니 아직 정상이었다.

"일단 마음이 항상 평온해야 정상이고 우울하면 비정상이라는 관점에서부터 벗어나 보세요. 우울하다는 건 마음이 우리에게 보내는 SOS 신호 같은 거예요. 그 자연스러운 신호를 있는 그대로 느껴보세요. 당신의 마음이 당신에게 무슨 말을 전하고 싶은 건지."

정상과 비정상의 경계를 몇 마디 말로 허물어 버리는 의사 앞에서 나는 용기를 얻어 내가 겪고 있는 문제에 대해서 두서없이 있는 그대로 떠들었다. 의사는 내 말을 듣고 질문을 계속

던질 뿐 답을 주진 않았다. 처음에는 정신과 의사라는 사람이 이렇게까지 해결책을 안 알려주면 어떡하나 싶었는데 어느 순간 이 사람의 역할은 내가 스스로 답을 찾도록 질문을 할 뿐이라는 사실을 깨달았다.

그러고 보니 내가 나에게 물어본 적이 없었다. 나는 선 대리에 대한 내 마음을 대체 어떻게 하고 싶은 걸까. 왜 아직까지 이 마음을 붙잡은 채 놓지 못하고 있는 걸까. 이제 와서 대체 무슨 결말을 기대하고 있는 걸까.

내내 나 혼자만 떠들었기 때문에 내 증상을 망상증으로 보는지 우울증으로 보는지 잘 모르겠지만 어쨌든 의사는 내 말을 잘 들어줬고 약을 처방해 줬다. 약효는 바로 들었다. 나는 마음이 한없이 편안해졌고 그날 밤 숙면을 취할 수 있었다. 인간의 마음이란 이토록 하찮은 것이었다. 고작 알약 몇 개에 달라지는 화학반응 같은 것. 나는 매일 밤 약을 먹은 뒤 의사 말대로 마음이 보내는 신호를 느끼기 위해 노력하며 잠들었다.


그렇게 약에 의지해 잠들던 어느 날이었다. 갑자기 새하얀 백지 같은 공간이 나를 찾아왔다. 지금 꿈을 꾸고 있다는 것을 뚜렷하게 인지할 수 있는 자각몽. 정말 오랜만에 경험하는 자각몽이었다.

하지만 그 공간엔 새하얀 빛 이외에는 아무것도 없었다. 그

어디에서도 원근감이 느껴지지 않았고 심지어 중력이 있는지
조차 불분명했다. 오직 빛과 나만 존재했다. 낯설지만 두렵지
는 않았다. 오히려 편안했다. 나는 어떻게 해야 하는지 처음부
터 알고 있었던 것처럼 자연스럽게 손을 내밀어 그 빛에서 그
림자를 만들고 그 그림자가 디딜 땅을 만들었다.

"모래성을 쌓는 것 같네."

내가 중얼거리는 순간 파도가 넘실거리는 바다가 생겨났고
그 해변의 모래사장 위에 내가 서 있었다. 그리고 내 앞에는
누군가 반쯤 짓다 만 모래성이 있었다. 내 머리를 스쳐 간 이
미지 그대로였다. 그러니까 나는 그 공간의 창조주였다. 나는
어쩐지 기분이 좋아져서 햇볕이 내리쬐는 해변을 산책하듯
거닐었다.

다음 날에도 그 다음 날에도 같은 꿈이 이어졌다. 그때부터
나는 꿈속 세계를 만드는 데 골몰하기 시작했다. 처음에는 추
상적이던 해변이 모래 한 알, 파도의 포말 하나까지 정교해졌
으며 갈매기와 조개 껍데기, 미역과 바위, 햇살을 피할 수 있
는 나무 그늘 같은 것들이 더해지면서 꿈속 세계가 점차 풍성
해졌다. 어떤 날에는 다 지은 모래성을 허물어버리듯 공간을
지워버리기도 했고 또 다른 날에는 휴양지에 오기라도 한 것
처럼 아무것도 하지 않고 파도만 감상하기도 했다.

하루하루 이런저런 실험들을 했지만 그 모든 실험들의 종

착지는 단 하나였다. 꿈에서라도 선 대리를 만나는 것. 선 대리가 나를 자신의 꿈속으로 초대했듯이 이번에는 내가 선 대리를 불러내고 싶었다. 그러니까 선 대리를 만날 수 있다는 마지막 희망이 나의 꿈속에 있었다.

나는 조금 더 오랫동안 꿈을 꾸기 위해 약을 먹는 양을 두 배로 늘렸다. 의사가 알게 된다면 기겁해서 말렸을 테지만 나는 이미 내 마음이 시키는 대로 움직이고 있었다.

그때부터 꿈속에서 이상한 존재들이 출현하기 시작했다. 토끼 귀가 달린 호랑이가 풀밭을 뛰어다녔고, 다리 달린 얼룩뱀이 땅에서 꾸물꾸물 솟아났다. 저 멀리 수평선 근처에서는 날개 달린 인어가 이쪽을 향해 어서 오라고 손짓하고 있었다.

물론 나에게는 아직 그들이 손짓하는 곳으로 가지 않을 이성이 남아 있었다. 정말로 그들을 따라갔다가는 다시는 이쪽 세계로 돌아오지 못할 것 같았다.

나는 내가 창조한 괴생명체들 사이에서 손을 모아 간절히 기도했다.

'대리님. 저의 목소리가 들리신다면 제발 한 번만, 단 한 번만 제 꿈속에 나와주시면 안 될까요?'

그건 일종의 SOS 신호였다. 기도를 마치고 뒤돌아 보면 '짠' 하고 나타나 달라는 기도만 수백 번을 더 한 것 같지만, 또 수

천 번 넘게 선 대리와 만나는 장면을 상상하고 수만 번도 넘게 그걸 '언어'로 표현한 것 같지만 단 한 번도 선 대리가 나타난 적은 없었다. 뒤를 돌아보면 언제나 놀라우리만치 아무것도 없었다. 아니, 아무것도 없을 때가 차라리 다행이었다. 뒤를 돌아봤는데 뭐라 형언하기 어려운 괴생명체가 나를 불렀냐는 듯이 미소 짓고 있을 때의 섬뜩함이란.

나는 해변에 언덕을 세웠다. 최대한 하늘 가까운 곳을 향해 곧게 뻗은 언덕을. 이토록 높다란 언덕을 세우는 것조차 이렇게나 쉬운데 선 대리를 부르는 건 왜 그토록 어려운가. 나는 언덕 끝의 벼랑으로 걸어가서 무릎을 꿇고 두 손을 모았다. 결국 선 대리에게 목소리를 전하기를 포기하고 나를 이렇게 만든 꿈을 향해 기도하기 시작했다.

'꿈이시여. 지금까지 경험한 모든 밤보다 깊고 어두운 악몽이시여. 저는 지난 꿈의 저를 후회합니다. 더 용기 내지 못한 현실을 후회합니다. 그 모든 후회를 바로잡을 기회를 단 한 번만 저에게 주시면 안 될까요?'

모든 걸 걸 수 있었다. 선 대리를 만날 수 있다면 그 어떤 대가라도 치를 수 있었다. 꿈속에서라도 좋았다. 어쩌면 지금까지의 내 인생도 한낱 꿈에 불과했으니, 꿈을 꾸고 있는 내가 진짜인지 현실의 내가 진짜인지조차 알 수 없었다. 꿈을 깨면 현실이 오듯이 현실을 깨면 꿈이 올 뿐이다. 이제 와서 어느 쪽이 진짜인지가 뭐가 중요할까. 그 어느 쪽의 세상에도 선 대리는 없는데.

다짜고짜 나에게 기도를 당하고 있는 자각몽 님의 입장이 아마 조금 난처할지도 모르겠다. 하지만 그만큼 나는 절박했다. 지금까지 꿈속에서 이렇게 거칠고 순수한 '언어'를 토해낸 적은 없었다. 내가 절박하게 기도할 때마다 언덕은 더더욱 높아져 결국 하늘에 닿을 듯했다. 발 아래 바다가 어느덧 까마득했다. 저 아래에서 넘실거리는 검푸른 파도를 본 순간 나는 꿈에게 내가 내뱉은 언어를 뒷받침할 각오를 보여줘야겠다고 생각했다. 생각이 닿는 순간 일말의 망설임 없이 절벽 끝에서 한 걸음 더 전진했다. 그리고 나는 절벽 아래로 추락했다.


새벽 4시, 잠에서 깼다. 나는 막 추락사했다는 생생한 충격에서 벗어나기 위해 침대에서 일어났다. 모든 장기를 남겨둔 채 영혼만 추락하는 느낌이었다. 이 정도 높이에서 떨어지면 꿈에서 깰 수 있구나. 어기적어기적 바닥을 디디고 걸어가 냉장고를 열었다. 시원한 물을 꺼내 컵에 따랐다. 식탁에 알약이 놓여 있는 게 보였다. 이제 처방받은 약도 거의 다 떨어졌다. 아마 대여섯 번 정도 먹을 수 있는 분량이 남았을 것이다.

오랜만에 오늘의 운세 앱을 열었다. 조명이 다 꺼진 방 안에서 휴대전화 화면만 눈부시게 빛났다. 나는 눈살을 찌푸리며 운세를 확인했다.

'겁 없이 돌진해도 좋은 하루입니다. 하나를 얻으면 하나를 잃겠지만 그게 무서워 행동하지 않는다면 아무것도 얻지 못합니다.'

나는 피식 웃음이 나왔다. 고작 두 줄의 문장이 나에게 용기를 주는구나. 오늘 이 꿈과 끝장을 봐야겠다는 생각이 들었다. 나는 남은 알약을 모조리 입 안에 털어 넣었다.


다시 해변의 언덕이었다.

내가 조금 전 뛰어내렸던 바로 그 언덕이었다. 멀리서 파도 소리와 갈매기 소리가 바람을 타고 날아왔다. 내가 있으라 하면 생기는 그 소리들.

여느 때처럼 날아다니는 갈매기들 사이에 유난히 빛나고 커다란 갈매기가 하나 있었다. 아니, 그건 갈매기가 아니었다. 일렁이는 갈기와 꼬리를 달고 창공을 선회하던 그것은 서서히 이쪽으로 다가오기 시작했다.

나는 머리를 움켜쥐었다. 저것들은 대체 내 무의식 어디에서 만들어지는 것들이지? 제발 괴생명체는 이제 그만!

잠시 후 그 거대한 새는 놀라운 속도로 활강하더니 곧 절벽 아래로 사라졌다. 내심 안도하던 순간 그것이 바로 눈 앞에서

숯아올랐다. 나는 깜짝 놀라 물러나다가 엉덩방아까지 찧어버렸다. 화염으로 붉게 타오르는 깃털에서 후끈한 열기가 느껴졌다. 그것의 동그랗고 거대한 눈동자와 마주쳤다. 나는 그 생명체와 구면이었다.

"불사조."

불사조는 날개를 퍼덕이며 절벽 끝에 앉더니 가만히 나를 쳐다보았다. 내가 불사조를 불러낸 건가? 아니면 혹시?

뒤돌아본 그곳에 선 대리가 있었다. 그토록 보고 싶었던 선 대리가 좌우를 둘러보며 언덕을 걸어 올라오고 있었다. 목에는 주황색 스카프를 두르고 있었다.

"대리님!"

"이게 다 주임님이 만든 거예요?"

진짜 선 대리였다. 알 수 있었다. 그래서 나는 그만 울음이 터져버렸다. 선 대리는 당황한 듯 서둘러 다가와서는 나를 안고 등을 토닥거렸다.

"미안해요. 그 회사에서는 어두운 기억들만 자꾸 떠올라서 도망쳤어요."

"아니에요. 제가 미안해요. 대리님을 지켜주지 못했어요."

"주임님은 잘 살길 바랐는데 이렇게 힘들어할 줄은 몰랐네요."

나도 선 대리를 꼭 끌어안았다. 지금 이 세상엔 모든 게 따뜻했다. 영원한 행복이 없듯 영원한 눈물도 없었다. 내 울음이 잦아들어 훌쩍임으로 변하자 선 대리가 내 손을 살며시 쥐더니 언덕 아래로 이끌었다. 우리는 한 걸음씩 절벽에서 멀어졌다. 해변이 가까워지자 내가 만든 괴생명체들이 보였다. 나는 왠지 그것들을 선 대리에게 보여주기가 부끄러웠다.

"세상에나. 저건 토끼. 저건 호랑이. 또 저건 물고기."

선 대리가 말하는 순간 괴생명체들이 토끼가 되고 호랑이가 되고 물고기가 되어 제자리를 찾아갔다.

"이제 주임님이 가장 돌아가고 싶었던 곳으로 함께 가볼까요?"

선 대리가 햇살 같은 미소를 지으며 내 손목을 살짝 당기자 우리는 해변을 벗어나 잃어버린 동굴과 안개의 계곡을 지나 그날의 카페에 도착했다. 저 멀리 회사 건물이 보이는 그날의 카페. 또다시 가슴 한켠이 사무치기 시작했다. 선 대리는 주위를 둘러보더니 슬픈 얼굴로 내게 말했다.

"그날이 주임님을 아프게 했군요."

"제가 대리님을 실망시켰어요."

"주임님은 한 번도 저를 실망시킨 적 없어요."

"지금도 그래요. 대리님은 그런 무서운 일을 겪고 도움을 요청하기 위해 저를 꿈에 부른 건데, 저는 한심하게도 그저 대리님이 보고 싶다는 이유로 불러냈어요."

선 대리가 고개를 좌우로 흔들었다.

"어떤 절박함으로 불러야 상대가 꿈에 나타나는지 알아요. 저도 그런 마음으로 주임님을 불렀었거든요. 주임님, 위험한 생각을 한 거죠?"

남은 알약을 한 번에 삼킨 게 위험한 생각이었을까? 관점에 따라 그럴 수도 있겠지만 나는 세차게 고개를 흔들었다.

"그냥 이런 생각을 했어요. 내가 대리님을 좋아하는 만큼 대리님도 나를 좋아해 주면 좋겠다."

그 말을 들은 선 대리는 쿡쿡 웃었다.

"글쎄요. 그 주제에 대해선 내일 커피 한잔하면서 얘기해 볼까요?"

"내일 만날 수 있는 거예요?"

"네, 이제 꿈에서 깨어날 시간이에요."

선 대리가 나에게 입을 맞췄다.

# 그리고 어쩌면

설아는 제법 녹음이 우거진 숲길을 걷고 있었다. 길쭉길쭉 하늘로 뻗은 나무들이 부채처럼 넓은 잎사귀로 햇볕을 가려 시원한 그늘을 만들어 주었다. 설아는 눈을 감고 새들이 지저 귀는 소리를 들었다. 바람을 타고 날아오는 부드러운 숲 내음을 맡았다. 굽이굽이 이어지는 숲길을 사뿐사뿐 걸어 나무 터 널을 지나자 눈부신 햇살과 이름 모를 야생화들이 가득한 들 판이 펼쳐졌다. 화사한 꽃길이 너무 예뻐서 콧노래가 절로 나왔다. 언젠가 꽃들에게 하나씩 이름을 지어주며 시간을 보내 도 좋을 것 같았다.

어느새 불사조가 포르르 날아와 설아의 어깨 위에 앉았다.

늑대도 드래곤도 없어진 꿈속 세계는 너무나 아름다웠다. 그 풍경을 한눈에 담고 싶어서 저 멀리 보이는 산 정상까지 올라가 보기로 했다. 설아가 지휘하듯 부드럽게 손짓하자 어느덧 바닥에 내려 앉은 불사조는 사람 하나쯤은 너끈히 태울 수 있을 정도로 커졌다. 설아는 불사조의 꼬리 깃털을 밟고 그 등에 올라탔다. 불사조가 제자리에서 날갯짓을 몇 번 하는가 싶더니 순식간에 창공으로 날아올랐다. 파란 물감 같은 하늘을 자유롭게 활주하던 설아와 불사조는 마침내 산 꼭대기에 도달했다.

나비처럼 팔랑 산 위에 내려앉은 설아의 발 아래 눈부신 세상이 펼쳐졌다. 푸르른 숲과 알록달록한 꽃들이 가득한 들판, 굽어진 능선과 계곡 구석구석에 이르기까지 그 모든 곳에 찬란한 햇살이 축복처럼 떨어지고 있었다.

그때 유독 햇살이 비껴가는 어두운 봉우리 하나가 설아의 눈에 들어왔다. 설아는 고개를 갸웃했다. 아직 이 꿈속에 저런 곳이 남아 있었나? 걱정 반, 호기심 반으로 불사조의 등에 올라탔다. 그곳을 향해 날아가지 않을 수 없었다.

"아야!"

설아는 가시에 찔린 손가락을 입술에 가져다 댔다. 봉우리는 주변이 온통 뾰족한 가시덤불로 뒤덮여 있었고, 가시덤불의 안쪽에는 끝없는 어둠이 심연처럼 자리 잡고 있었다. 손으로 조심스레 가시덤불을 하나씩 걷어내며 안으로 발걸음을 내디뎠다. 마침내 어두운 심연의 가장 깊은 곳에서 어린 소년 하나를 만날 수 있었다. 소년은 자신의 무릎에 고개를 파묻고 벼랑 끝에서 몸을 들썩이며 울고 있었다. 그 흐느낌이 무척 위태로워 보였다.

설아는 어쩐지 그 소년을 알고 있는 것 같다는 생각이 들었다. 자신이 좋아했던 남자를 닮은 소년. 벼랑 끝에 아슬아슬 쪼그리고 앉아 곧 떨어질 것만 같은 그 소년을 그대로 내버려 둘 수는 없었다. 설아는 소년에게 다가가 손을 내밀었다.

# 작가의 말

옛날 옛적에 현명한 햇님 공주와 선량한 달님 왕자가 살았습니다. 햇님 왕국의 사람들은 낮의 세계에 살고 있었고 달님 왕국의 사람들은 밤의 세계에 살고 있어 영원히 서로 만날 수 없는 사이였죠. 그러던 어느 날 햇님 왕국에 사악한 용이 나타나 공주를 납치합니다. 햇님 공주는 깊고 어두운 숲속에 갇혀 왕국의 그 누구에게도 도움을 요청할 수 없게 됩니다. 결국 공주는 사악한 용의 매서운 감시를 벗어날 방법을 찾기 위해 깊은 잠에 빠지기로 결심합니다. 그리고 그 꿈속에서 밤의 세계에 사는 달님 왕자를 만나게 되었죠. 왕자는 공주를 도와 마침내 사악한 용을 물리칩니다. 하지만 이번엔 반대로 낮의 세계에 오게 된 달님 왕자가 저주에 걸려 잠에 빠지게 되었죠. 햇님 공주는 자신을 구해준 달님 왕자를 과연 구할 수 있을까요?

그렇습니다. 이 소설의 주인공 선 대리와 문 주임의 성은 각각 Sun과 Moon, 즉 해와 달에서 따왔습니다. 이들은 각각 낮의 현실과 밤의 꿈에서 출발해 서로를 만나고 사랑하게 됩니다.

제목이 너무 노골적이라서 굳이 따로 설명할 필요조차 없겠지만 이 이야기는 '잠자는 숲속의 공주'라는 동화를 모티프로 삼고 있습니다.

혹시 이 동화 속 공주의 이름을 아시나요? 백설 공주? 아닙니다. 그렇죠. 정답은 오로라 공주입니다. 아마 그 이름을 아는 사람은 많지 않을 겁니다. 그만큼 잠자는 숲속의 공주는 동화 속 공주님 중에는 가장 인기 없는 공주님에 속하지 않을까 싶습니다. 그도 그럴 것이, 마녀의 저주에 걸려 이야기 내내 죽은 듯이 잠들어 있다가 왕자가 키스해 주기만을 기다리는 수동적인 공주라니, 도저히 인기가 있으려야 있을 수가 없죠.

이 소설은 그 동화 속 이야기를 거꾸로 뒤집어 보았습니다. 먼저 이야기의 중심 무대를 비루한 현실이 아닌 화려한 꿈속 세계로 바꿨습니다. 그리고 이 꿈속 세계에서 공주는 자신의 언어로 세상을 정의하고 누구보다도 용감하게 왕자를 리드하는 영웅이 됩니다. 마지막엔 잠이 든 왕자를 공주가 키스해 깨우는 것으로 결말도 반전시켰죠.

이 이야기는 어느 날 유튜브를 떠돌다 우연히 만난 한 곡의 노래에서 영감을 얻었습니다. 세카이노오와리의 '잠자는 공주'라는 곡이었는데, 듣는 순간 마법처럼 하나의 이야기가 머리에 그려졌습니다. 이후 저는 한동안 신들린 것처럼 거침없이 결말까지 문장을 써 내려갔지요. 신기한 경험이었습니다. 그렇게 완성된 동명의 단편소설을 서랍의 날씨 대표님이 발견해 재미있게 읽었다며 장편으로 확장해서 출판하면 좋을 것 같다고 제안해 주셨습니다. 덕분에 소중한 저의 첫 장편소설이 책으로 탄생할 수 있었습니다. 감사합니다.

어릴 적부터 언제나 판타지 소설을 쓰고 싶었습니다. 그러니까 말하자면 저에게 있어 판타지 소설가란 천 년 동안 전설처럼 내려오던 고대의 신탁이나 예언, 숙명 같은 꿈이었다고 할 수 있습니다. 그 파도 같은 운명이 봉인된 것은 '일단'이라 불리는 무시무시한 저주의 주문 때문이었습니다. 일단 대학부터 가고, 일단 취직부터 하고, 일단 결혼부터 하고, 일단 아이부터 키우고, 일단 대출부터 갚고 등등. 한 번 미루기 시작한 꿈을 두 번, 세 번 미루는 건 너무나 쉬웠고, 인생의 중요한 순간들 앞에서 꿈을 미룰 이유는 언제나 넘쳐났습니다.

결국 이렇게 미루다간 내 무덤 앞에서도 미루겠다 싶었죠. 일단 저승부터 가고.

이번에 《잠자는 숲속의 대리님》을 책으로 내면서 저의 판타지 소설에 대한 오랜 '일단'의 저주와 회한도 어느 정도 풀 수 있었습니다. 늑대의 탈을 쓴 드래곤, 거울의 방패와 불사조의 활, 잃어버린 동굴과 안개의 계곡, 시간의 오두막과 부활의 샘물, 그리고 태초의 바위와 최후의 불꽃까지. 선 대리와 함께 꿈속 세계의 마법 같은 언어를 창조하는 과정이 참 즐거운 시간이었습니다. 이 모든 것과도 이제 작별할 시간이네요.

마지막으로 소설을 쓰고 싶다는 저의 꿈을 이해해 주고 또 전적으로 지지해 주는 아내와 아들에게 깊은 사랑과 감사의 마음을 전합니다.

이 이야기가 밤이 길어지는 쌀쌀한 계절에 출간되면 좋겠다고 생각했는데 너무나도 완벽한 시기에 출간할 수 있어 기쁩니다. 저의 소설이 여러분에게 작은 즐거움이었길 바라며, 늘 저를 응원해주시는 소중한 분들과 독자님께 감사드립니다.

모두들 꿈꾸는 계절 되시길.

2024년 가을, 이상민